Joshua Hardon

Alfajores

Gay Hardcore

Copyright © Joshua Hardon, 2024

Cover by VladOrlov/shutterstock.com/2472216723

ALLE RECHTE VORBEHALTEN

Verlag: BoD · Books on Demand GmbH, In de Tarpen 42,

22848 Norderstedt, bod@bod.de

Druck: Libri Plureos GmbH, Friedensallee 273,

22763 Hamburg

ISBN: 978-3-7693-0420-6

MIX
Papier aus verantwortungsvollen Quellen
Paper from responsible sources
FSC
www.fsc.org
FSC® C105338

Alle Handlungen, Namen und Lokalitäten in dieser Geschichte sind frei erfunden. Diese Story beinhaltet Sexszenen zwischen gleichgeschlechtlichen Partnern sowie die Beschreibungen von gewaltvollen Handlungen, die für Leser unter 18 Jahren nicht geeignet sind. Im wirklichen Leben gilt natürlich immer das Safer-Sex-Prinzip.

E-Mail: dirkholland1978@yahoo.de

Über den Autor:

Wer im Lexikon den Begriff *Badass* nachblättert, wird dort ziemlich sicher seinen Namen finden. Joshua Hardon ist tatkräftig daran beteiligt, dass sein Heimathafen Hamburg den Ruf *Stadt der Sünde* auch weiterhin verteidigt und wer ihm je im Fitnessstudio, auf dem Fußballfeld, im Ring oder im Schwimmbad begegnet ist, weiß, warum er die Figuren in seinen Geschichten gerne in schweißtreibende Situationen bringt. Neben seiner Begeisterung für Sport, Medien und Wirtschaft findet Joshua auch immer wieder Zeit, mit seinen Trainingspartnern auf Tuchfühlung zu gehen, hautnah zu recherchieren und Ideen für seine Bücher zu sammeln ...

Alfajor

Ein Alfajor ist ein Gebäck maurisch-spanischer Herkunft. Heutzutage gilt es als typisches Produkt des südlichen Lateinamerikas, wo es meist als Doppelkeks hergestellt wird und oft eine Füllung aus Dulche de leche verwendet wird. Auch in Argentinien steht die mit Karamellcreme verfeinerte Süßspeise auf vielen Menükarten der verführerisch duftenden Cafés.

Bruno

Ich reibe mir den Schlaf aus den Augen und stolpere auf dem Weg ins Bad über das Kartonhaus, mit dem mein kleiner Bruder so gerne spielt. Ich will mich nicht verspäten, deshalb ist keine Zeit, um das Chaos zu beseitigen. Seit meine Mutter nicht mehr lebt und mein Vater krank geworden ist, liegt es an mir, das Geld nachhause zu bringen und mich um alles zu kümmern. Alles, das ist eigentlich nicht viel, denn wenn man in Villa 31, dem Armenviertel von Buenos Aires wohnt, lernt man schnell, mit wenig zufrieden zu sein. Wir haben ein Dach über den Kopf, meine beiden Geschwister, unser Vater und ich schlagen uns so gut es geht durchs Leben, wenn auch jeder viele Opfer bringen muss. Santiago, mein Bruder, ist mit seinen 10 Jahren eigentlich noch zu klein, um zu arbeiten, aber er bastelt jeden Tag aus weggeworfenen Kaffeekapseln Schmuckanhänger und Kerzenständer, meine Schwester Maria näht seitdem Mama nicht mehr ist für fremde Leute und wäscht und bügelt deren Wäsche, das alles für ein paar Pesos. Für eine warme Mahlzeit am Abend oder eine neue Matratze zum Schlafen, auf die Maria schon lange hin spart. Ich verrate niemandem, dass ich unter einem losen Holzbrett im Fußboden eine kleine Metallbüchse verstecke, in der ich jeden verdienten Pesos, den ich irgendwie abzweigen kann, beiseitelege. Irgendwann möchte ich hier rauskommen, ich möchte Turnlehrer werden und an einer Schule unterrichten, davon träume ich seit ich ein kleiner Junge war. Ich will jungen Menschen die Begeisterung für Sport näherbringen, bin ich doch selbst auch am liebsten in Bewegung, wenn ich nicht gerade arbeiten oder die Hausarbeit erledigen muss. Es ist kein schlechtes Leben, es ist eben meines, unseres. Ich glaube nicht an Schicksal, weil irgendwie alles aus Zufällen besteht. Ich denke nicht, dass es eine Macht gibt, die irgendwann gesagt hat: Bruno, deine Mutter wird sterben, wenn du 16 bist. Das ist Blödsinn. Und deshalb denke ich jeden Tag an sie und weiß, dass sie an einem besseren Platz ist. Wo auch immer dieser sein mag. Aber ich höre nicht auf, an meinen Traum zu glauben. Ich bin 17 und vielleicht denkt der eine oder andere, dass ich viel zu schnell erwachsen geworden bin, weil ich jetzt ja der Mann im Hause bin. Ich denke, dass jeder Mensch zu einem anderen Zeitpunkt erwachsen wird. Ein Teil von mir ist ja noch immer Kind, nämlich der, der an das Märchen glaubt, welches meine Mutter mir immer vor dem Einschlafen erzählt hat. Ich erinnere mich noch an jedes Wort, auch wenn es mir so vorkommt, als sei es in einem anderen Leben passiert. Aber ich bin nicht hier, um ein Märchen zu erzählen, weil ich lieber meine eigene Geschichte erzähle. Es war nicht immer so schwer für meine Familie und mich. Als Mama noch am Leben

war und Dad für die Eisenbahn gearbeitet hat, bin ich zur Schule gegangen und habe Geburtstagsfeiern besucht und sonntags gab es sogar Kaffee und Kuchen. Aus dieser Zeit sind mir eigentlich nur Eva und Luis geblieben. Und das auch nur, weil sie in meiner Nachbarschaft wohnen. In Eva habe ich mich verliebt, als ich 12 war und sie war auch das erste Mädchen, mit dem ich geschlafen habe. Sie meinte am nächsten Tag, dass ich mir keine großen Hoffnungen machen solle, denn sie sei in Alberto Zapatero verliebt, den berühmten Fußballer. So schnell zerplatzen Seifenblasen. Aber viel spannender war ohnehin die heiße Begegnung mit meinem besten Freund. Es ist keine zwei Jahre her, dass wir einen riesigen Streit hatten. Es ging darum, dass er mich beschuldigt hat, dass ich mein Wort nicht halten würde. Damit hat er meine Ehre in Frage gestellt und die galt es zu verteidigen. Ich musste ihn verprügeln. Wir haben uns die Augen blau und die Lippen blutig geschlagen, nur um keine fünf Minuten später, vollkommen rattig aufeinander, im Schlafzimmer seiner Eltern miteinander zu schlafen, wir bissen und küssten und prügelten uns, fickten wie junge Hunde und verloren nach dieser Nacht nie wieder ein Wort darüber. Das heißt, ich habe schon versucht, darüber zu reden, aber Luis blockt dieses Thema komplett ab. Aber ich bin heute noch froh, dass seine Eltern an jenem Abend nicht zuhause waren und wir die Beherrschung verloren haben. Es ist eine meiner kostbarsten Erinnerungen, und das, obwohl ich weiß, dass nie wieder etwas in der Art zwischen uns laufen wird. Luis hat immer wieder Mädchen, ich merke mir nicht mal die Namen seiner Verehrerinnen, aber das ist egal, denn das ist seine Sache.

Wichtiger ist, dass Eva, Luis und ich regelmäßig Fußball spielen. Im Hinterhof von Antonias Hütte. Antonia ist unsere Nachbarin und hat mehr Platz als wir und sie hat nichts dagegen, wenn wir uns dort aufhalten. Wir haben uns ein Tor gebastelt und weil der Platz und auch die Mitspieler nicht für zwei Mannschaften reichen, haben wir unsere eigenen Fußballregeln aufgestellt, nach denen wir fast jeden Tag spielen. Außer ich bin zu müde von der Arbeit.

Ich gehe jeden Morgen um fünf zum Markt von San Telmo, um dort für meinen Chef Gemüse, Meeresfrüchte und Fische zu verkaufen. Zum Glück muss ich nicht vorher zum Hafen und die Ware holen, das erledigt mein Kollege Benicio. Nur wenn er krank ist, muss ich das machen und das ist immer ein beschwerlicher Weg. Benicio besitzt ein klappriges Mofa mit einem kleinen Anhänger, damit ist es leicht, eine solche Strecke zurückzulegen. Ich muss das zu Fuß schaffen und anderthalb Stunden früher aufstehen, wenn Benicio nicht da ist. Mein Boss, Carlos, bierbäuchig und bärtig wie eine moosüberwucherte alte Eiche, hat mir erlaubt, dass ich die selbstgemachten Basteleien meines Bruders auf dem Marktstand verkaufen darf, er kontrolliert jedoch Bestand und Einnahmen. Das Geld gehört mir und meinem Bruder, was ich sehr großzügig finde, dafür zahlt Carlos keine Überstunden. Er sagt immer, an Überstunden sei ich selber schuld.

Die Kunden, die bei mir ihren Fisch oder Kürbisse und Gurken kaufen, sind fast immer die gleichen. Ab und zu verirren sich auch Touristen auf den Markt, aber da die meisten Argentinienbesucher morgens schick in ihren Hotels frühstücken und sowieso länger schlafen, sind es eher die Einheimischen, die bei mir einkaufen. Sie wissen, dass Carlos' Fische von erstklassiger Qualität sind. Es ist sicher nicht der

bestbezahlte Job der Welt, aber wir kommen durch. Santiago freut sich immer, wenn ich ein paar seiner Anhänger verkauft habe und wenn ich dazukomme und aus Holzperlen ein paar Armbänder knüpfe, biete ich auch diese auf dem kleinen, feinen Marktstand an. Leider riecht alles nach Fisch, aber den meisten stört das nicht, weil ich ihnen, wenn sie bei mir etwas kaufen, mein schönstes Lächeln schenke und es gibt einige, die sagen, ich hätte das süßeste Lächeln von ganz Südamerika. Ich glaube zwar, dass die ein bisschen übertreiben, aber ich habe schon das eine oder andere Mal Angebote bekommen, die ich eigentlich hätte annehmen müssen. Was ich aber nicht getan habe. Weil so etwas für mich eine Frage der Ehre ist. Wenn Luis mich je wieder fragen würde, ob ich mir vorstellen könnte, mehr mit ihm zu machen als nur Fußball zu spielen, so würde ich ohne weiter darüber nachzudenken ja sagen. Aber das wird nicht passieren.

Es ist ein schön warmer Sommertag im Januar, und obwohl ich noch müde bin, trete ich mir den Schlaf aus den Füßen, als ich in die Pedale meines rostigen Drahtesels steige. Ich habe das Rad von Luis' Vater geschenkt bekommen, als ich in die letzte Klasse vor der Hochschulreife kam. Dummerweise musste ich dann von der Schule gehen, weil meine Mutter krank wurde und starb. Jetzt sieht es so aus, dass ich zwei Jahre nachholen muss, wenn ich irgendwann studieren möchte. Vorausgesetzt ich bestehe alle Prüfungen. Das ist ja auch der Grund, warum ich wie ein Esel schufte und so sparsam wie möglich lebe. Und nicht einmal Geld fürs Kino ausgebe. Dafür weiß ich aber, wie man ins Royale, welches auf dem Weg zu San Telmo liegt, ohne dass man dafür bezahlen muss. Nachmittags, wenn der Markt seine Pforten längst geschlossen hat, schleichen Eva, Luis und ich uns manchmal in die Filme, besonders dann, wenn die alten Klassiker von Sergio Leone laufen. Ich mag es, wenn sich die harten tabakspuckenden Kerle duellieren und die Sonne ihre Köpfe in der Prärie brät. Cowboys sind schon verdammt coole Hunde! Früher, als ich noch kleiner war, haben wir samstags immer Western geschaut, mein Vater und ich, auch die brutalen, die, die für Kinder eigentlich nichts sind. Die Begeisterung dafür ist geblieben.

Benicio wartet schon auf mich, was so viel heißt wie, dass ich ein bisschen spät dran bin. „Na, Schlafmütze!"

„Selber Schlafmütze! Bin ja schon da, immer mit der Ruhe!" Ich nehme ihm die Kiste mit dem frischen Fisch, die aufgrund der Eiswürfel so schwer ist, ab. Ich wische die Holzplatte mit einem alten Geschirrtuch ab, verstaue die Fische in einem Metallbehälter und schütte die Eiswürfel aus. Sehnsüchtig schaue ich auf den Pappbecher mit dem Strohhalm, aus dem Benicio goldbraunen Kaffee schlürft.

Benicio, der mit seinem Wuschelkopf und den grauen Nasenhaaren älter wirkt als er eigentlich ist, zwinkert mir zu. „Na los, nimm einen Schluck!" Gleichzeitig beginnt er damit das Gemüse aufzubauen.

Dankbar schnappe ich mir den Becher und trinke ihn leer. Gierig schlucke ich neben dem Kaffee auch Luft und pruste laut.

„Himmel, hat man dir denn keine Manieren beigebracht?" Benicio beäugt mich verärgert, aber ich glaube, er ist mir nicht wirklich böse.

Ich wische mir über den Mund. „Manieren schon, aber dann kamen Hunger und Durst." Ich fluche leise,

weil ich mein Lieblingsshirt mit Kaffee ankleckere, als ich ihm den leeren Becher zurückgebe.

„Na viel Glück!" Benicio deutet auf den Inhalt meiner kleinen Ledertasche, wo ich den Kaffeekapsel-schmuck verstaut habe.

Die alte Frau vom Nachbarsstand drapiert ihren Tisch mit Gurken, Maiskolben und Zwiebeln. „Morgen, Kleiner!" Sie ist stets freundlich und manchmal sogar etwas zu gesprächig.

Ich nicke ihr zu. „Guten Morgen!"

Der Tag beginnt gut, denn ich verkaufe noch vor Sonnenaufgang alle Shrimps, die Benicio heute geliefert hat. Zwar interessiert sich kaum jemand für das Kunsthandwerk, aber die Kasse füllt sich mit Pesos und ich wette, dass Carlos sehr zufrieden mit mir sein wird.

Ich wundere mich etwas über einen Touristen, der nur Geld wechselt, aber nichts kauft, verrichte ein paar Minuten später mein Geschäft in der stillgelegten U-Bahn-Station am Ende des Marktes und bin froh, dass die Zeit so schnell vergeht. Wenn ich pissen muss, wirft Sofia, meine Marktnachbarin, einen Blick auf meinen Stand und so muss ich mir keine Sorgen machen, dass jemand etwas klaut. Umgekehrt halten wir es genauso, auf diese Weise können wir recht stressfrei kleine Wege während der Dienstzeit erledigen. Carlos kommt um elf, das tut er immer, weil er das Geld abholen kommt. Oft kommt er erst um zwölf, aber heute ist er früh dran. Ich überlasse ihm das Kontrollieren von Warenbestand und Kassa und wechsle mit Sofia ein paar Worte.

Ich habe keine Angst vor Carlos, aber ich mag ihn nicht besonders. Er ist so grobschlächtig und geldgierig, dass sich meine Sympathien für ihn in Grenzen halten.

Die Sonne steht bereits hoch am Himmel, als ich bei der einfachen Erwähnung meines Namens durch meinen Vorgesetzten zusammenzucke. Normalerweise knurrt mein Chef zufrieden und verstaut das Geld in seiner Tasche. Aber heute spricht er meinen Namen aus und es ist ein bisschen so, als würden Rasierklingen aneinander reiben und zu Boden fallen. Meine Nackenhaare stellen sich auf und ich drehe mich zu Carlos.

„Bruno! Hast du mir etwas zu sagen? Es fehlen 880 Pesos!"

In meinem Bauch tobt es. Das Blut in meinen Ohren rauscht. Mir wird übel und meine Knie fangen zu zittern an. „Das ist vollkommen unmöglich."

Carlos grinst eiskalt. „Unmöglich. Soso."

Ich schlucke trocken. „Ich. Das. Wie." Verdammt, ich bringe keinen einzigen vollständigen Satz heraus.

„Ja? Ich höre!" Carlos' Rasierklingenstimme klingt jetzt wie frisch gewetzte Fleischermesser.

Mein Mund trocknet aus. „Du hast eine Stunde, um das fehlende Geld aufzutreiben. Du willst nicht erleben, was passiert, wenn du es nicht schaffst oder ich noch ein Widerwort höre."

Ich denke nach. Atme tief und geräuschvoll ein und aus. Ich habe nicht viele Möglichkeiten. Was kann ich tun? Woher soll ich über fünfhundert Pesos nehmen? Eine Stunde, das ist viel zu kurz!

Ich hole Luft, um etwas zu sagen. Überlege es mir dann aber anders. Einfach, weil ich weiß, dass Carlos keinen Spaß macht, wenn es um sein Geld geht.

Ich würde gerne vorschlagen, dass ich nochmal nachzählen möchte, aber ich glaube, dann reißt er mir meinen Kopf ab.

Sofia schaut mich mitleidig an. Ich weiß, dass ihr Blick gerade sagt, dass sie mir gerne helfen möchte, das Geld aber selbst nicht hat. Auch ist mir klar, dass sie sich nicht einmischen möchte. Marktleute mischen sich nie untereinander in Angelegenheiten ein, die sie nichts angehen. Das ist ein ungeschriebenes Gesetz. Ich habe eine Idee. Es ist nicht die beste, weil es bedeutet, dass ich einen Teil von meinem Ersparten nehmen muss, aber ich schaue zur Hausmauer hinter mir, an der mein Fahrrad lehnt und wende mich an meinen Chef. „Ich bin in einer Stunde wieder zurück."

Admir

Mein Name ist Admir, das stammt vom Lateinischen, Admiror, ab, was so viel bedeutet wie bewundern. Es scheint so, als hätten meine bosnischen Eltern schon bei meiner Geburt gewusst, dass ich etwas Besonderes bin. Okay, ich gehe davon aus, dass alle Eltern das von ihrem Nachwuchs denken, aber meine hatten offenbar Recht.

Ich bin inzwischen 29 Jahre alt und stehe sowohl in der Blüte meines Lebens als auch in der Blüte meiner Karriere. Ich habe zuletzt ziemlich erfolgreich die Abwehr eines europäischen Topfußballclubs geführt, aber zwischen mir und dem Trainer hat es nicht mehr funktioniert und so habe ich mich dazu entschlossen, etwas Neues zu wagen.

Ich befinde mich jetzt seit zwei Wochen im wundervollen Buenos Aires mitten in Südamerika und freue mich darüber, hier noch relativ unentdeckt durch die Stadt laufen zu können. Klar gibt es auch in der argentinischen Hauptstadt ein paar Soccerfans, die genau wissen, wer ich bin, aber im Vergleich zu dem, was ich in meiner Heimat erlebt habe, sind das hier Peanuts.

Ich habe eine 110 Quadratmeter große Dachgeschosswohnung mit großem Balkon in Barrio Norte im Stadtteil Palermo bezogen, das Viertel der Reichen und Schönen von Buenos Aires. Und mich schneller als erwartet und sehr gut eingelebt.

Ich habe meine morgendliche Joggingrunde entlang der Pazifikküste bereits erfolgreich beendet, immerhin muss ich mich bis zum offiziellen Trainingsbeginn fit halten, deshalb bin ich auch schon ein paar Tage früher angekommen. Das war sicherlich nicht meine schlechteste Idee, denn im Gegensatz zum Winter in Europa herrscht hier Sommer mit angenehmen 22 Grad.

Aber vielleicht sollte ich mich erst einmal etwas genauer beschreiben. Dass ich Admir heiße und 29 Jahre alt bin, habe ich ja schon erwähnt, dass ich ein Abwehrspieler bin, auch. Denke, das erklärt auch, dass ich keiner dieser Fußballflöhe bin, sondern schon eher eine Kante mit 190 Zentimetern, auf die Waage bringe ich 96 Kilo, was aber nicht bedeutet, dass ich langsam bin, ganz im Gegenteil. Und sollte doch mal einer schneller sein, lasse ich ihn einfach auflaufen, in der Regel verschaffe ich mir bereits in den

ersten Minuten genügend Respekt bei meinen Gegenspielern, sodass sie gar nicht erst versuchen, in den Zweikampf zu gehen.

Ich habe kurze dunkle Haare, trage meist einen Dreitagebart und dass mein Body dem eines griechischen Gottes ähnelt, versteht sich, ohne jetzt überheblich klingen zu wollen, von selbst.

Was das Sexuelle angeht, bin ich ein geborener Alpha. Ich nehme mir, was ich will und suche schon lange etwas Passendes für langfristig, allerdings muss dann alles passen, und ich weiß um die Gefahren für mich als Person im öffentlichen Leben, was es nicht wirklich einfacher macht.

Doch heute ist ein Tag, an dem sich einiges ändert und alles nur wegen einem dummen Missgeschick.

Ich bin nach meiner täglichen Fitness mit dem Duschen fertig, habe mir ein Muskelshirt und eine Shorts angezogen und fahre mit meinem schwarzen Audi A8 aus der Tiefgarage. Mein heutiges Ziel ist der Markt von San Telmo, angeblich einer der schönsten und größten Märkte der Stadt. Was ich leider unterschätzt habe, ist die Parkplatzsituation und so kreise ich mehrfach um den Markt und bin kurz davor aufzugeben, als ich in einer Seitenstraße sehe, wie eine Parklücke frei wird. Leider lenkt mich ein Werbeplakat mit einem saftigen Steak drauf so sehr ab, dass ich den vom Marktgelände kommenden Radfahrer nicht sehe und so fahre ich dem Burschen nicht schnell, aber frontal in sein Bike.

„Fuck", schnaufe ich.

Ich steige aus meinem nagelneuen Wagen und betrachte den Burschen und das kaputte Fahrrad. Der Drahtesel ist alt, rostig, verbogen und beide Reifen sind jetzt in einem Zustand, der jegliche Weiterfahrt unmöglich macht, wobei es mich eher wundert, dass das Rostding überhaupt je gefahren ist. Ich nehme jetzt den Burschen genauer unter die Lupe. Offenbar hat es ihm die Sprache verschlagen oder er steht so sehr unter Schock, aber glücklicherweise scheint er bis auf ein paar Kratzer keine großen Verletzungen zu haben.

„Hey, alles klar, Kleiner?", frage ich ehrlich besorgt und um uns herum hat sich bereits eine Menschentraube gebildet.

Ich mustere den Burschen, höchstens 18 Jahre alt von oben bis unten und muss etwas grinsen. Ich reiche ihm die Hand und ziehe ihn hoch. Er schaut auf sein Rad und auf die Kratzer vorne in meinem A8.

„Ja, alles gut soweit", stottert der Boy und ich sehe, dass er den Tränen nahe ist.

„Ich komme für den Schaden auf, war ja mein Fehler", erwidere ich sofort und selbst ein Blinder würde sehen, dass dem Bengel sofort ein riesiger Stein vom Herzen fällt.

„Ich parke kurz den Wagen und dann gehen wir was trinken und regeln das Finanzielle, okay?", sage ich zum Boy und blicke ihm in seine strahlenden grünen Augen.

Der Bursche nickt und ich fahre rückwärts in die Parklücke.

In der Zwischenzeit hat der süße Racker alle Hände voll damit zu tun, den Haufen Schrott von der Straße zu bekommen. Schwitzend lehnt er das, was vom Drahtesel übrig ist, an eine Hausmauer. Ich bin froh, dass sich ohne größere Aufregung die Menschenmenge langsam auflöst.

Ich gehe zu dem Burschen und halte ihm die Hand hin. „Mein Name ist Admir und wie heißt du?"

„Ich bin Bruno, freut mich“, entgegnet der Bengel und ich kann seine Anspannung förmlich spüren.

„Magst rüber zu Starbucks? Dann können wir darüber sprechen, was du von mir bekommst. Ich lade dich natürlich ein.“

Bruno zögert kurz, folgt mir dann aber und ich freue mich etwas mehr über ihn zu erfahren.

„Haben wir ja Glück gehabt, dass ich dich nicht heftiger erwischt habe. Wobei es sicher hässlichere Kühlerfiguren gibt als dich“, scherze ich und beobachte wie Bruno knallrot wird, denn scheinbar ist ihm das Kompliment unangenehm. Ich nutze die Zeit in der Schlange bei Starbucks um das Profil des kleinen Verkehrscrashers genauer zu scannen und ich muss zugeben, dass ich lange nicht mehr eine so nette Bekanntschaft gemacht habe wie Bruno.

Bruno hat den typischen, südamerikanischen Teint, welcher mich ein wenig an einen Karamellshake von Starbucks erinnert. Die eigentlich ungepflegte Chaosfrisur steht dem Bengel perfekt und die eher schmalen Lippen und kleinen grünen Knopfaugen runden das wirklich schöne, junge Gesicht ab.

Ich höre den Magen von Bruno laut knurren und muss lachen.

„Wenn du Hunger hast, spendiere ich dir gern auch was zu essen“, schlage ich vor und schaue Bruno in die Augen.

„Danke, aber ich habe leider keine Zeit, ich muss zurück zur Arbeit“, antwortet Bruno artig.

„Mittagspause?“

„So was Ähnliches.“

Ich bestelle für mich einen großen Cappuccino und ein Stück Focaccia mit Schinken und schnaufe, als Bruno für sich nur einen kleinen Kaffee mit Milch ordert.

„Du hast schon meinen Wagen gesehen oder? Ich gehe nicht pleite, wenn du dir was Vernünftiges gönnst“, lache ich und sehe wie Bruno nur abwinkt.

Wir setzen uns auf die Terrasse und ich übernehme die Initiative. „Ich denke, wir sollten erst einmal das mit dem Unfall klären und dann kannst du mir gern ein bisschen was über dich erzählen.“ Irgendetwas sagt mir, dass ich nicht wirklich viel Widerstand vom süßen Bengel zu erwarten habe, denn er wirkt wohl wegen meiner Art und vielleicht auch aufgrund meines Luxusautos etwas eingeschüchtert. „Also was stellst du dir vor, damit wir den kleinen Unfall vergessen und damit du dir ein neues Fahrrad kaufen kannst?“, frage ich direkt und Bruno beginnt sofort zu schwitzen.

In seinem Kopf rauchen die Gehirnwindungen, er fängt an zu stammeln und ich merke schnell, dass der Kleine kein Verhandlungsgeschick hat.

„Du sagst mir eine Summe, ich sage eine andere und wir treffen uns irgendwo in der Mitte“, schlage ich vor.

„Was sagst du zu 5000 Pesos“, stottert Bruno und schaut unsicher, denn offensichtlich denkt er, dass die Forderung viel zu hoch ist. Ich greife zu meinem Handy, rechne um und bin erstaunt, als ich sehe, dass es umgerechnet nur etwa 110 Euro sind.

„Für das Fahrrad und für deine blauen Flecken?“, kontere ich und sehe wie Bruno nervös nickt.

„Also Bruno, ganz im Ernst, 5000 Pesos, das ist …", sage ich und Bruno schaut mich an.

„4000 Pesos sind auch okay", unterbricht der Boy mich und ich lache.

„Glaub mir, du solltest mich erst mal ausreden lassen. 5000 Pesos, ich denke das ist viel zu wenig. Ich gebe dir das Doppelte", sage ich ruhig und mit Bestimmtheit. Bruno starrt mich überrascht an.

Ich greife ein Bündel Scheine aus meiner Hosentasche, zähle zehn Tausender ab und gebe sie Bruno, welcher das Geld zuerst zögerlich annimmt, dann aber so fest umklammert, als wäre es sein wertvollster Schatz.

„Danke", murmelt er verlegen und schaut wieder auf seine Uhr. „Ich muss jetzt aber wirklich!"

„Du arbeitest doch auf dem Markt, oder?", frage ich und Bruno nickt.

„Hättest du eventuell Lust für mich zu arbeiten?", frage ich direkt und der kleine Südamerikaner schaut mich groß und überrascht an.

„Und als was?", hakt Bruno nach.

„Na ja, ich bin neu hier und suche noch jemanden, der mir hilft. Kochen, waschen, aufräumen und so Kram. Kannst du kochen?", frage ich Bruno und dieser nickt eifrig.

„Ich zahle dir 500 Pesos die Stunde. Kannst du schon heute Abend?"

Bruno starrt mich an als wäre ich das achte Weltwunder, was für seine Verhältnisse vermutlich der Wahrheit ziemlich nahekommt.

Bruno nickt erneut.

Ich greife nochmal in meine Tasche und zähle 3000 Pesos ab. Ich nehme einen Stift und schreibe meine Adresse, meinen Namen und meine Handynummer auf meinen leeren Kaffeebecher.

„Dann sehe ich dich um sechs heut Abend. Kauf irgendwas Leckeres fürs Abendessen ein. Wenn irgendwas ist, ruf mich einfach kurz an. Ich freue mich auf dich, Kleiner", sage ich und gebe ihm den Becher mit meiner Adresse und die 3000 Pesos für den Einkauf.

Bruno versteckt das Geld in seinem Schuh und dann bekommt er wieder diese niedlichen roten Backen.

„Ich habe leider kein Handy", erwidert er.

„Na dann gehen wir einfach davon aus, dass du pünktlich bist!" Ich zwinkere mit dem rechten Auge, verabschiede mich und hoffe, dass der Kleine auch wirklich das Potenzial hat, das ich in ihm sehe.

Bruno

Ich weiß zwei Dinge. Erstens, wenn ich nicht in ein paar Minuten zuhause und dann schnell wieder zurück am Markt bin, ist das mein Todesurteil. Zweitens, ich bin noch nie einem Menschen wie Admir begegnet. Seine Augen haben einen so krass tiefen Braunton, dass mir noch immer schwindelig ist. Ich habe sogar kurz vergessen zu atmen, als sich unsere Blicke begegnet sind. Nur dass ich jetzt keine Zeit habe, mir darüber Gedanken zu machen. Mit dem Geld von Admir im rechten Schuh laufe ich wie vom Teufel

gejagt zu mir nachhause, hole aus meinem Geheimversteck die 880 Pesos, die Carlos von mir haben will, ignoriere die Fragen meiner Geschwister, die mich entgeistert anstarren und mache mich auf dem schnellsten Weg zurück nach San Telmo. Ich komme um zehn Minuten zu spät, aber glücklicherweise hat Sofia meinen Boss mit ihren legendären Märchen aus längst vergangener Zeit abgelenkt. Und mit einem stark gesüßten Kakao, den sie immer in ihrer Thermoskanne hat und der ihr nie auszugehen scheint. Ich glaube die meisten ihrer Erzählungen nicht, deshalb bezeichne ich sie als Märchen, irgendwie kann ich mir nicht vorstellen, dass es hinter den Iguazú-Wasserfällen Löwen und Tiger gibt, aber sie behauptet heute noch felsenfest, dass sie dort den gefährlichen Wildkatzen begegnet sei. Ich habe Seitenstechen und der Schweiß läuft mir den Rücken und das Gesicht runter, als ich Carlos das Geld gebe.

Er knurrt nur, zählt es nach und gibt mir einen Klaps auf den Hinterkopf. „Ich weiß, dass du es nicht eingesteckt hast und dass ich dir vertrauen kann, aber du musst lernen, beim Wechselgeld genauer zu sein!"

Es fühlt sich fast ein bisschen so an, als tue es ihm leid, dass er so ruppig und streng zu mir ist.

Nachdem ich beim Zusammenräumen und Schließen des Marktstandes geholfen habe, schlendere ich die schmalen Seitengassen entlang zu mir nachhause. Jetzt habe ich endlich Zeit, darüber traurig zu sein, dass mein Fahrrad jetzt für immer und alle Zeit kaputt ist.

Der Unfall mit dem gutaussehenden Kerl und alles, was danach passiert ist, wirkt so surreal und ich begreife erst jetzt, dass ich mir mit dem Geld, das Admir mir für meinen geschrotteten Drahtesel gegeben hat, den Heimweg vorhin hätte sparen können. Immerhin wäre es mehr als genug gewesen, um den von Carlos geforderten Geldbetrag bezahlen zu können. Ich greife in meinen ausgetretenen Schuh, wo die zehntausend Pesos fein säuberlich zusammengelegt drinstecken, fahre mit dem Daumen über die Breitseite der Scheine und mein Herz macht einen Freudensprung. Nein, ich habe es nicht geträumt. Es ist wahr. Die Begegnung, das Gespräch mit Admir und auch sein Angebot.

Daheim erwarten mich meine beiden Geschwister und ich beschließe, Maria zu fragen, ob sie heute fürs Abendessen sorgen kann. Ich erkläre ihr, dass ich noch etwas Wichtiges erledigen müsse und gebe ihr etwas Geld für den Einkauf von Lebensmitteln. Als sie fragt, woher ich es habe, lüge ich und erzähle, dass ich einen kleinen Vorschuss von Carlos bekommen hätte. Sie schaut mich nur skeptisch an, nimmt es aber und verspricht mir, dass sie sich um Papa und Santiago kümmern werde.

Beruhigt schaue ich kurz ins Schlafzimmer meines Vaters, schenke ihm Tee in eine Tasse und erzähle vom Markt und von der Arbeit. Ich möchte mein kleines Geheimnis für mich behalten, noch.

Irgendetwas löst ein Kribbeln in mir aus, ein sehr seltsames Gefühl in der Bauchgegend. Ich begreife, als ich am Weg nach Barrio Norte bin, dass es die Erinnerung an Admir ist, die dieses Kribbeln auslöst. Ich sprinte kurz in einen Feinkostladen, den ich eigentlich nur von außen kenne, weil die angebotenen Waren einfach viel zu teuer für meine Verhältnisse sind, aber mit dem Budget, das Admir zur Verfügung stellt, kann man ganz gut haushalten. Mein Blick schweift über die großzügigen Regale mit frischem Obst, die sehr lecker aussehenden Kuchen und die ziemlich schicken Schaumweinflaschen am Ende des Ganges.

Ich werde sofort nervös, als der Mann, der an der Kassa sitzt, mich misstrauisch beäugt. Ich kann mir denken, dass ich nicht unbedingt den Eindruck erwecke, genug Geld dabei zu haben, um mir einen Einkauf hier leisten zu können. Ich ziehe am Bund meines schmutzigen und bekleckerten T-Shirts und schaue mich nach einem Einkaufskorb um.

„Kann ich dir helfen?" Der Mann um die 40 mit Schnauzbart und Dienstkleidung kommt auf mich zu.

„Nein, danke, ich finde mich schon zurecht." Voller Dankbarkeit erblicke ich einen Stapel mit Körben, schnappe mir einen und gehe zur Theke, wo frisches Fleisch verkauft wird.

Der Metzger wetzt gerade seine Messer, legt aber alles beiseite und berät mich, da ich so absolut keine Ahnung von qualitativ hochwertigem Fleisch habe. Dass ich ein bisschen kochen kann, ist eine Tatsache, die ich meiner Großmutter verdanke. Als ich klein war, hat sie mir ein paar Tricks gezeigt, wie man aus wenigen und einfachen Zutaten sehr leckere Speisen zubereiten kann.

Ich verlasse mich darauf, dass die Filetstücke vom Hochlandrind besonders schmackhaft sind und kaufe noch Kartoffeln, Gewürze, eine scharfe Trockenwurst, Tomaten, Zwiebeln, Paprika, Karotten und Lauch ein. Letztere werde ich für die Suppe verwenden. Zwar kenne ich nur die Variante ohne der Wurst, weil die Wurst konnten sich weder meine Eltern noch meine Großeltern leisten, aber ich möchte, dass Admir zufrieden mit dem Menü ist, das ich für ihn zubereite.

Ich denke gar nicht darüber nach, dass dieser reiche Bursche schlechte Absichten haben könnte. Immerhin ist er mir schon bei der Entschädigung für das Fahrrad sehr entgegengekommen. Ich denke, dass Admir ein netter Mensch ist. Sicher, es gibt viele Verrückte auf dieser Welt, aber in Barrio wohnen nur Leute, die echt Kohle haben und ich denke, Admir hat sicher viel getan, um zu dem zu kommen, was er heute hat. Er sieht nicht aus wie jemand, der faul auf der Couch liegt und von einem fetten Erbe lebt.

Auf eine seltsame Art und Weise kommt er mir sogar bekannt vor, so, als hätte ich ihn schon mal gesehen. Von der Statur her muss er ein körperlich sehr aktiver Kerl sein, vielleicht ist er sogar Profisportler, wer weiß.

Ich bezahle die Lebensmittel, hebe die Rechnung gut auf und verstaue das Restgeld in meiner Hosentasche.

In einem Schaufenster, wo Fernsehgeräte Bilder eines Fußballspieles zeigen, schaue ich auf die Uhr und stelle fest, dass ich schon recht spät dran bin. Kurz nach sechs Uhr stehe ich vor einem Hochhaus, das allem Anschein nach erst vor kurzem einen neuen Anstrich bekommen hat und durch die vielen Glasfronten sehr modern wirkt.

Ich klingle bei der Türnummer, die Admir auf dem Zettel notiert hat und schon nach wenigen Sekunden höre ich die tiefe Stimme durch die Gegensprechanlage.

„Komm hoch, letzter Stock, ich lass die Tür offen!" Admir klingt heiser, aber das liegt an dem kleinen Lautsprecher.

„Okay!"

Ich finde den Zugang zum Aufzug nicht, deshalb laufe ich die neun Stockwerke hoch und sehe schon

von Weitem, dass die Tür zur Wohnung einen spaltbreit offensteht.

Mein Herz rast. Ich trage meine Papiertüte mit dem Einkauf eng an meinen Körper gepresst und schnippe mir die ausgetretenen Sneakers von den Füßen.

Es duftet penetrant nach Gummi und nach neu gekaufter Kleidung, als ich den Raum betrete. Das Licht ist gedimmt und Admir sitzt auf der Couch, die Füße ausgestreckt und tiefenentspannt. Er trägt ein neongrünes Fußballtrikot, schwarzweiße Shorts und weiße Stollenschuhe mit silbernen Streifen.

Mir stockt der Atem, weil die ganze Szene unheimlich und ein bisschen erregend ist.

„Hi! Ich hoffe, du hast Hunger!" Ich gehe auf Admir zu und reiche ihm die Hand zum Gruß. Wieder dieser feste Händedruck.

Ich fröstle kurz, als ich jetzt in seine dunklen Augen blicke mit den fast schwarzen Augenbrauen und einem Ausdruck, den ich nicht deuten kann.

Admir schürzt seine Lippen und an seinem unrasierten Kinn bildet sich ein süßes Grübchen. „Schön, dass du gekommen bist. Ich zeig dir dann gleich mal die Küche!"

Ich werfe einen kurzen Blick auf den Fernseher. Es läuft eine Sportsendung. Alles sieht sehr sauber, ordentlich und aufgeräumt aus. Ich bin mir sicher, dass Admir ein ordnungsliebender Mensch ist.

Verstohlen schiele ich zur Tür, die vermutlich zum Schlafzimmer führt und frage mich, ob es dort auch so makellos aussieht.

Wir betreten die Küche und ich schnappe nach Luft. Nicht nur weil das Heck des durchtrainierten Burschen atemberaubend schön und respekteinflößend ist und ich meine Augen kaum von ihm lassen kann, sondern auch, weil die aufwendig eingerichtete Küche das genaue Gegenteil von meiner kleinen Kochnische zuhause ist. Ich stelle die Einkaufstüte ab und lasse meine rechte Hand über die marmorierte Steinplatte streichen.

„Mist." Mir rutscht mein Herz in die Hose, weil mir etwas eingefallen ist.

„Was los?" Admirs Augen schauen direkt in meine Seele.

„Ich hab" was vergessen. Ich hab" keine Zutaten für eine Nachspeise."

Kehliges, leises Lachen. „Och. Ich denk, da fällt uns schon noch was ein. Mach dir da mal keine Sorgen."

Ich nicke. „Okay. Ich denke, ich brauche so eine Stunde oder ein bisschen länger."

„Kein Stress, Kleiner. Mach's dir bequem und fühl dich wie zuhause." Admir schaut mich so durchdringend an, dass ich meinen Blick senke. Er leckt sich die Lippen. Ich nehme an, er hat schon großen Hunger.

„Ich werde dann noch eine Runde laufen gehen, wir sehen uns später!" Admir hebt den Bund seines Fußballtrikots und kratzt sich am Bauch. Meine Kehle trocknet aus. Ich starre auf seine Körpermitte und sehe einen Teil seines Sixpacks. Mir wird sofort ganz warm und ich versuche ruhig zu bleiben.

Warum auch immer, der reiche Kerl macht mich unglaublich nervös!

Erleichtert atme ich durch, als er mir den Rücken zudreht.

„Wenn du irgendwas brauchst, in einer Stunde bin ich wieder da. Aber ich denke, du wirst dich zurechtfinden." Er dreht sich noch einmal um und grinst mir augenzwinkernd zu.

„Ja, bestimmt." Obwohl ich nur kurz und knapp antworte, muss ich aufpassen, dass ich nicht stottere.

Nach wenigen Sekunden stehe ich alleine in der Küche und suche mal den Schrank mit den Lebensmitteln. Unterhalb der Arbeitsplatte werde ich fündig. Ich gieße etwas Öl in eine Pfanne, die ich aus der Anrichte fische und beginne mit dem Schneiden der Zwiebeln für die Suppe. Während ich das Gemüse zerkleinere und froh bin, dass ich im Kühlschrank eine Packung passierte Tomaten finde, frage ich mich, warum ich diesem Burschen so schnell vertraue. Liegt es wirklich nur am Geld und dass ich mir so sehr wünsche, meine Familie unterstützen zu können, irgendwann aus dem Loch rauszukommen, in dem ich gerade lebe?

In dieser wunderschönen, sehr stilvoll eingerichteten Wohnung zu stehen, tut fast weh, so besonders ist es und ich warte auf den Moment, wo ich aus meinem Traum aufwache. Wenn Admir einen Haushälter braucht und er mit mir zufrieden ist, dann hat er ab sofort einen treuen, loyalen Mitarbeiter gefunden.

Natürlich interessiert es mich brennend, womit der Kerl sein Geld verdient und woher er kommt, denn er hat einen Akzent, den ich noch nicht zuordnen kann. Er ist definitiv nicht von hier, aber vielleicht ist genau dieses Geheimnisvolle das, was mich so an ihm fasziniert.

Im Wohnzimmer habe ich in der Vitrine ein paar Pokale und Auszeichnungen gesehen, sie könnten von Turnieren stammen, vielleicht ist er wirklich Fußballer, das Trikot steht ihm jedenfalls verdammt gut. Und die Stollenschuhe deuten auch eher darauf hin, dass er den Ballsport professionell ausübt.

Ich nehme mir fest vor, nicht zu neugierig zu sein. Viele Menschen mögen das nicht, wenn man neugierig ist.

Ich konzentriere mich aufs Kochen und bereite das Fleisch vor, vergesse aber auf die Möhren, die mir so heftig anbrennen, dass es innerhalb kürzester Zeit bestialisch stinkt und raucht. Ängstlich blicke ich zur Decke hoch und bin froh, dass es keine Rauchmelder gibt. Sofort reiße ich die Fenster auf, um Frischluft hereinzulassen und improvisiere, indem ich die Karotten weglasse, dafür aber mehr Lauch als ursprünglich geplant, kleinschnipple.

Das Gemüse im großen Suppentopf gieße ich mit Wasser auf, menge Kräuter, Salz und Pfeffer bei, gebe die Tomaten dazu und koche die Kartoffeln in einem zweiten Topf. Ich möchte Steaks mit Bratkartoffeln machen und glaube, dass Admir sich darüber freuen wird, immerhin wirkt er, als würde er sehr gerne Fleisch essen.

Ich übersehe komplett die Zeit und ich schrecke hoch, als Admir plötzlich von einer Sekunde auf die andere durch die Tür späht und schnuppert. „Oh, es riecht ja schon sehr gut hier!"

Sein Gesicht ist knallrot und verschwitzt.

Meine Atmung setzt mal wieder aus. „Ja, fünfzehn Minuten noch!"

„In Ordnung, ich spring nur schnell unter die Dusche!" Ich höre, wie die Tür zufällt.

Admir

Ich bin durchgeschwitzt und noch außer Atem, als ich in die Küche schaue und Bruno etwas beobachte.

Es ist nicht zu übersehen, dass Bruno sich die größtmögliche Mühe gibt und dass er nicht zum ersten Mal kocht, sehe ich auch sofort.

Ich mustere Bruno genüsslich, betrachte mir die abgenutzte und nicht ganz saubere Kleidung und ich kann nur erahnen, in was für einer ärmlichen Welt er wohl lebt und wie das alles hier auf ihn wirken muss. Aber natürlich ist das nicht der Grund, warum ich Bruno die Chance gebe, sich bei mir zu behaupten. Ich habe selten so schöne, unschuldige Augen gesehen, ein so schönes Gesicht, und je mehr ich mir Bruno anschaue, umso mehr merke ich, wie sehr ich mehr von ihm will.

Mein Blick haftet weiter auf ihm und ich frage mich, wie er wohl in schicken, passenden Klamotten aussehen mag, denn daran, dass Bruno einen ansehnlichen Körper besitzt, besteht kein Zweifel.

Ich mache mich bemerkbar und schmunzle etwas, als ich sehe, wie Bruno überrascht zusammenzuckt.

Da Bruno noch etwas Zeit in der Küche benötigt, gehe ich ins Bad, ziehe mir das klebrige, verschwitzte Trikot vom Körper, ziehe mir die Stutzen über die Waden und steige zuletzt aus der Shorts.

Ich betrachte mich in meinem riesigen Spiegel, welcher eine Extraanfertigung ist, denn ich finde nichts schlimmer als diese kleinen Hotelspiegel, in denen man nur einen Teil des Körpers sieht und das nur unter größter Anstrengung. Wenn ich mir schon jeden Tag den Arsch aufreiße, um fit zu bleiben, will ich das Ergebnis auch jeden Tag sehen.

Ich spanne meinen Bizeps an, pose etwas und mustere mich selbst. Das, was ich im Spiegel sehe, stellt mich sehr zufrieden. Ich liebe meinen Bizeps, mein Sixpack, die strammen Waden und auch auf meinen Schwanz bin ich sehr stolz. Schlaff misst er in etwa dreizehn Zentimeter, im steifen Zustand wächst er auf 19 Zentimeter heran und ich denke, dass ich damit etwas über dem Durchschnitt liege, zumindest hat sich bis zum heutigen Tag keiner darüber beschwert.

Ich betrachte meine fetten Eier und schnaufe leicht frustriert, denn bevor ich nach Buenos Aires gekommen bin, hatte ich einige Kontakte, die es mir ermöglicht haben, risikofrei meine sexuellen Vorlieben auszuleben, hier in der argentinischen Metropole fehlen mir diese Kontakte noch.

Ich steige unter die Dusche und genieße es, wie das warme Wasser über meinen Körper läuft. Ich schließe die Augen und denke daran, wie gut ich es im Leben habe und im selben Moment denke ich an Bruno, der es deutlich schlechter erwischt hat. Ich stelle mir kurz den süßen Burschen vor und er in seinen löchrigen Klamotten in meiner Küche steht und ich spüre wie sich mein Schwanz mit Blut füllt. Ich greife an meinen Pisser und beginne ihn langsam zu wichsen, während ich mir weiter vorstelle, wie der junge Argentinier wohl nackt aussehen mag. Ich visualisiere seinen jugendlichen Körper, die Hüften mit dem fast nicht vorhandenen Babyspeck, die kleinen Männertitten und den Bizeps. Ich wichse schneller und als ich an den prallen Arsch von Bruno denke, keuche ich laut auf und rotze meine Babymacher gegen die Kacheln der Duschkabine.

Ich atme schwer, beseitige die Spuren und dusche mich fertig. Ich wickle mir ein Handtuch um die Hüften,

nachdem ich mich abgetrocknet habe und gehe wieder zurück ins Wohnzimmer, um zu sehen, wie weit Bruno mit dem Essen ist. Ich höre aus der Küche deutlich das Scheppern und Klimpern von Pfannen und Geschirr. Offenbar ist er noch immer am Werkeln.

„Wo willst du denn essen?", höre ich Brunos Stimme aus der Küche und ich gehe zu ihm.

„Du kannst im Wohnzimmer decken", erwidere ich, als ich die Küche betrete. Ich gehe zum Kühlschrank und greife mir eine eiskalte Dose Cola. Ich drehe mich um und ertappe Bruno dabei, wie er mich mit seinen großen Augen anstarrt. Bingo!

Bruno wird knallrot und wendet sich wieder den Kochtöpfen zu. Ich stelle mich hinter Bruno und schaue ihm über die Schulter. Ich drücke meine Unterkörper kurz testend an seinen Arsch und grinse selbstbewusst.

„Schaut gut aus", kommentiere ich meinen Blick auf das fast fertige Essen, meine es natürlich eindeutig zweideutig und ich kann spüren, wie nervös Bruno ist. Die Beschaffenheit seines Arsches ist so wie ich es mir vorgestellt habe. Prall und kompakt, ein Traum von einem Bengelarsch.

Bruno zittert auch noch, als ich mich von ihm losreiße und in meinen begehbaren Kleiderschrank gehe, um mir eine frische Shorts und ein T-Shirt anzuziehen. Auch wenn ich mich nicht umgedreht habe, so weiß ich sicher, dass Brunos Blick mir gefolgt ist, als ich ihm meinen Rücken zugewandt habe.

Bruno hat einen Teller mit einer wirklich gut riechenden Suppe in der Hand und stellt ihn auf den Esstisch im Wohnzimmer, und dann zurück in die Küche zu gehen, um eine Karaffe mit Wasser zu holen. Ich setze mich und Bruno steht etwas unbeholfen neben dem Tisch, als ich an der Suppe rieche.

„Riecht verdammt gut. Hast du denn keinen Hunger?", frage ich direkt und der Junge schaut mich fragend an.

„Nimm dir auch etwas und setz dich zu mir. Ich esse ungern allein." Ich lächle und schaue Bruno auffordernd an.

Der Bursche scheint überrascht, aber auch dankbar zu sein. Ich schaue nochmal auf Brunos Prachtarsch, als er in die Küche geht, um sich auch einen Teller Suppe zu nehmen. Wir essen beide die gut gewürzte Vorspeise und ich bin überrascht, dass Bruno als Koch recht gut zu gebrauchen ist.

Ich habe noch nicht einmal ganz aufgegessen, als Bruno schon wieder in die Küche verschwindet und mir den Hauptgang holt. Ich werfe Bruno einen Blick zu und versteht schnell, dass ich erwarte, dass er sich auch etwas vom Fleisch nehmen soll. Bruno kommt dann mit einem zweiten Teller zurück, die Portion ist allerdings deutlich kleiner als die meine.

„Also kochen kannst du. Hast du eine Freundin?", frage ich neugierig.

Bruno wird knallrot.

„Nein, habe ich nicht. Bin familiär ziemlich eingespannt. Habe einen kranken Vater und zwei jüngere Geschwister. Dann noch den Job auf dem Markt. Da bleibt nicht viel Zeit für etwas anderes."

„Klingt irgendwie nicht so geil", entgegne ich nachdenklich und sehe wie Bruno lächelt.

„Na ja, wir haben ein Dach über dem Kopf und kommen gut über die Runden. Aber klar, mit etwas

mehr Geld wäre alles einfacher", gibt der smarte Bengel zu bedenken, steht auf und isst sein Rindfleisch.

Das Gericht, das der Kleine gezaubert hat, schmeckt großartig und ich lobe ihn für diese Leistung.

Bruno bringt die leeren Teller weg und ich folge ihm in die Küche. Er räumt das kleinere Geschirr in die Spülmaschine und wäscht die große Pfanne mit der Hand.

Ich greife mir noch eine Cola aus dem Kühlschrank und schaue Bruno dabei zu, wie er gewissenhaft die Küche sauber macht.

„Du musst doch auch einige Fragen an mich haben?" Ich schmunzle geheimnisvoll.

Bruno zögert, bevor er antwortet. „Bis auf dass Sie ein teures Auto haben und in der schönsten und größten Wohnung zuhause sind, die ich je gesehen habe, weiß ich nicht wirklich viel."

„Nun ja, vielleicht interessiert es dich ja, wer ich bin. Mein Name ist Admir Papic. Ich gehe mal davon aus, dass du dich, was Fußball betrifft, ein wenig auskennst."

Bruno starrt mich an und hält mitten in einer Bewegung inne. Mit viel Mühe hält er ein Glas fest, das er beinahe fallen gelassen hätte.

„Fuck. Der berühmte Fußballer?", fragt Bruno ungläubig und ich grinse nur breit und nicke.

„Ich denke, jetzt dürfte dir einiges klarer sein, oder?"

Ich gehe auf Bruno zu, stelle mich nah hinter ihn, nehme ihm eines der Gläser aus der Hand und stelle es ab. Ich atme tief durch die Nase ein und rieche an dem jungen Boy der schon bald mein Haussklave sein wird. Ich drücke wieder wie aus Versehen mein Becken gegen seinen Arsch und atme schwer.

Ich gehe nah an sein Ohr. „Du musst mir dann noch sagen, was du für deine Arbeit heute bekommst und ob du Interesse daran hast, fix für mich zu arbeiten."

Bruno zittert und schluckt zwei Mal. Mein Schwanz pumpt sofort in meiner Shorts Blut und ich weiß, dass Bruno diese Veränderung deutlich spürt, denn mein Schritt ist immer noch an seinen Knackarsch gedrückt. Ich lecke mir die Lippen und bin zufrieden, denn der Kleine macht überhaupt keine Anstalten, auszuweichen oder herumzuzicken. Wenn es bisher noch Zweifel gab, ob der Boy formbar ist, verschwinden diese mit jeder Sekunde mehr. Nicht mehr lange und der süße Sonnenschein wird mein Eigentum sein!

Bruno

Ich brauche dringend Zeit, um das zu verarbeiten, was Admir mir da soeben mitgeteilt und vorgeschlagen hat. Ich hätte schon früher darauf kommen können, dass er ein Profisportler ist, sein Name ist nicht typisch für unser Land und irgendwie ist mir sein Gesicht mehr als bekannt vorgekommen. Jetzt, wo ich weiß, dass er eine Berühmtheit ist, schnellt mein Blutdruck gewaltig in die Höhe. Denn normalerweise beachtet ein Kerl seines Ranges mich nicht einmal. Für ihn arbeiten – wie schön wäre das! Ich fange an zu begreifen, dass der Kicker, der mich heute über den Haufen gefahren hat, mir deutliche Zeichen gibt,

dass er Interesse hat. Zum einen an meiner Arbeitskraft und Gesellschaft und zum anderen, ich kann es noch nicht zu hundert Prozent deuten, aber er hat ganz eindeutig einen Ständer in der Hose und es scheint ihm nicht unangenehm zu sein, mir das auch zu zeigen.

„Die Entlohnung entscheiden Sie, es steht mir nicht zu, einen Geldbetrag zu fordern. Ich hab' gern für Sie gekocht. Und das mit der fixen Arbeitsstelle kann ich heute Abend leider nicht entscheiden. Wenn ich es auch gerne würde. Aber ich habe meinem Chef gegenüber eine Verpflichtung, ebenso wie meiner Familie." Ich muss mich bemühen, damit meine Stimme nicht bricht. Alles geht so schnell und ich weiß gar nicht, wie mir geschieht, irgendwie stolpere ich gerade mitten hinein in ein ziemlich spannendes Abenteuer.

„Andere Frage. Kannst du heute Nacht hierbleiben?" Admir berührt mich sanft an den Hüften und ich seufze leise und drehe mich um. Lege das Geschirrtuch beiseite. „So gerne ich auch würde, meine Geschwister und mein Vater warten auf mich. Und morgen muss ich früh raus."

Admir nickt. „Verstehe. Aber du würdest wiederkommen?"

Ich befeuchte meine Lippen, die jetzt trocken und spröde geworden sind. „Selbstverständlich. Sie haben wirklich eine wunderschöne Wohnung und wenn ich es irgendwie mit meiner anderen Arbeit vereinbaren kann, würde ich das Stellenangebot sehr gerne annehmen."

Ich sehe, wie es im Kopf des bildhübschen Stars arbeitet. „Warte einen Moment, bin gleich wieder da."

Admir verschwindet und ich mache weiter die Arbeitsplatte sauber und trockne die Töpfe ab, die nicht in die Spülmaschine gepasst haben.

Als er wieder zurückkommt, drückt er mir anderthalbtausend Pesos in die Hand. Sofort zittere ich wieder. „Wow. Für das eine Mal Essen kochen so viel Lohn"? Ich schaue ihn an, als wäre Admir ein Gott, der mir soeben eröffnet hat, dass ich der Auserwählte bin.

Der sonst eher streng dreinblickende, rassige Bursche lächelt charmant. „Du kochst verdammt gut. Du hast dir das Geld redlich verdient."

Ich muss wohl einen Moment zu lange dumm gestarrt haben, denn das Bild, wie er mit diesem durch und durch trainierten und perfekten Körper über den Rasen fegt und das Stück Leder in ein Tor wuchtet, kann ich mir jetzt noch besser ausmalen. Admirs Schrittbereich wölbt sich, sein T-Shirt spannt und schmeichelt seinen Muskeln. Ich kann meinen Blick kaum von seinem stolzen Kinn abwenden, das pechschwarze Bartstoppeln auf dunkler Haut zeigt und die schneidigen Gesichtszüge vollkommen macht. Ich weiß jetzt auch, was an ihm so viel Macht ausstrahlt. Natürlich ist es einerseits der respekteinflößende Körperbau, aber es sind vor allem die dunklen, fast unheimlichen Augen. Ich habe das Gefühl, dieser Mann könnte mich alleine mit dem Ausdruck seiner Augen entwaffnen und willenlos machen.

Admir lacht auf. „Erde an Bruno!" Er schnippt mit den Fingern seiner rechten Hand.

Ich erwache aus meinem tranceähnlichen Zustand. „Danke, vielen Dank."

Dann tut er etwas, womit ich nicht gerechnet habe. Er wuschelt mir durchs zerzauste und verschwitzte Haar. Ich spüre seine Finger und die Berührung wie reinen Strom aus der Steckdose. Ich bin mal als Kind

aus Versehen an einen elektrischen Zaun geraten und habe einige Volt durch mich hindurchjagen gespürt. Genauso ist dieser Moment. Pure Elektrizität. In meinen Lenden und in der Bauchgegend kribbelt es.

„Morgen wäre die Wäsche zu erledigen. Also wäre es super, wenn du etwas früher kommen könntest."

Ich stecke das Geld in meine Hosentasche und versichere, dass ich mein Möglichstes tun werde, um früher da zu sein.

„Ich muss dann leider los." Ich weiß gar nicht, warum ich ein weiteres Mal beteuere, dass ich nicht länger bleiben kann. Irgendwas sagt mir, dass es gefährlich ist und unschön für mich ausgehen könnte, wenn ich mich auf so einen reichen Star einlasse. Aber was noch stärker ist, ist das Gefühl, dass ich gerne rausfinden würde, was passiert, wenn ich bleibe.

Als ich mich umdrehe, um zur Tür zu gehen, greift Admir mich an der Schulter. Der Griff ist eisern und gibt erneut einen Vorgeschmack darauf, was in diesem Burschen für Kräfte schlummern.

„Ich muss wohl nicht extra erwähnen, dass dieses Arbeitsverhältnis und unsere Begegnung auf Diskretion beruhen müssen?"

„Nein, das versteht sich von selbst", erwidere ich eingeschüchtert. „Bis morgen." Ich atme aus und merke, wie schwer es mir fällt, diese tolle Wohnung zu verlassen. Und vor allem ihn.

„Bis morgen, Kleiner!" Es klingt vertraut, wie er diese zwei Worte zu mir sagt.

Ich fühle mich wie ein Glückspilz, als ich nachhause eile. Es ist stockfinster und Buenos Aires sprüht Lichter und Funken im Nachtleben, das bisher immer an mir vorübergezogen ist, weil ich es mir weder leisten kann, daran teilzunehmen, noch die Zeit dafür habe.

Daheim sehe ich nach meinen Geschwistern, die bereits schlummern, bringe meinem Vater eine Schale mit püriertem Apfel und erzähle, dass ich Überstunden schiebe, damit wir besser über die Runden kommen.

Ich falle ins Bett, es ist gerade Mitternacht und kann meine Augen kaum mehr offenhalten. Einzig das heute verdiente Geld und die Entschädigung für mein kaputtes Rad verstaue ich vorher noch in meinem Versteck. Es ist so schwer, mein Glück zu fassen, es zu verstehen, aber ich habe nicht mehr die Energie, diesen Gedanken zu Ende zu denken.

Morgens gähne ich mit dem Nachbarsköter um die Wette, als ich mich mit schweren Gliedmaßen in Richtung Markt aufmache, halb benommen vor lauter Müdigkeit. Der gestrige Tag zollt langsam seinen Tribut. Ich funktioniere wie eine Maschine, als Benicio den frischen Fisch und das Gemüse bringt und ich alles für den Verkauf vorbereite. Heute versteckt sich die Sonne hinter dicken Wolken und selbst als der Tag anbricht, wird es nicht wirklich hell. Grau und schwer legt sich ein sanfter Nieselregen über die Stadt. Erst der Besuch meines besten Kumpels Luis reißt mich aus meiner Lethargie.

„Wo warst du gestern, Mann? Wir waren doch verabredet!"

Ich greife mir auf den Kopf. „Mist!"

Sofia schaut mich tadelnd an, muss sich dann aber um eine Kundin kümmern.

„Ich musste arbeiten."

Luis schaut mich verwundert an. „Abends? Auf dem Markt?"

Ich schnaufe und tue so, als müsste ich den Kassatisch aufräumen. „Nein, nicht für Carlos. Ist so eine Art Aushilfssache."

Luis wartet offensichtlich auf Details. „Und weiter?" Er hält sich am Lenker seines Fahrrades fest.

„Nichts weiter. Ich helfe einfach aus. Ist nichts Besonderes."

Mein bester Kumpel kratzt sich am Hinterkopf. „Jetzt lass dir nicht alles aus der Nase ziehen. Gut bezahlt? Für wen ist der Job?"

Mir schießt ausgerechnet in diesem Moment das Blut in die Wangen und ich kann mir gut vorstellen, dass ich jetzt aussehe wie eine reife Tomate.

Luis klopft sich auf den Schenkel. „Du Hund du! Sag bloß, es hat was mit einem Mädchen zu tun! Was hast du da am Laufen? Raus mit der Sprache!"

In diesem Moment biegt Carlos um die Ecke und rettet mich aus dieser heiklen Situation. Zumindest fürs Erste.

Ich atme auf und Luis zieht leise fluchend ab. Er weiß, dass Carlos das nicht mag, wenn ich mich während der Arbeit mit Freunden unterhalte. Er sagt dann immer, das verscheucht Kunden.

Nachdem Carlos kurz die Lage und den Kassastand überprüft, habe ich wieder meine Ruhe und mir wird schlagartig bewusst, dass ich, sollte ich den fixen Job bei Admir wirklich annehmen, keine Freizeit mehr haben werde. Zwei Jobs, mein kranker Vater, die Hausarbeit, das wäre dann wohl meine Zukunft in den nächsten Wochen und Monaten. Je nach dem, für wie lange der smarte Fußballer mich will und braucht. Alle meine Gedanken kreisen um ihn und ich kann es nicht verhindern, auch an seinen nackten Oberkörper zu denken, den ich gestern kurz sehen durfte. Der karamellfärbige Hautton, die Armmuskeln und die dunkelrosafarbenen Brustwarzen haben sich fast fotografisch in mein Gedächtnis eingeprägt.

Ich frage mich, warum Admir keine Freundin hat oder wenn doch, ob ich sie noch kennenlernen werde. Es ist verrückt, zu glauben, dass ein erfolgreicher Profikicker etwas fürs eigene Geschlecht übrighat. Ich schelte mich für meine naive Phantasie. Dummerweise erinnere ich mich jetzt wieder lebhaft an mein einziges sexuelles Abenteuer mit Luis. Und mir wird schwer ums Herz, weil ich weiß, dass ich so etwas Aufregendes, Schönes wohl nie wieder erleben werde. Gerade, weil mein bester Kumpel der einzige ist, mit dem ich mir so etwas vorstellen kann. Abgesehen von dem reichen Burschen, der gestern mit seinem schicken Auto direkt in mein Leben gefahren ist. Und der dafür sorgt, dass mir wärmer wird, wenn ich an ihn denke.

Am frühen Nachmittag kommt Carlos das Geld abholen und wir schließen den Stand. Mein Chef wundert sich, dass ich nicht mit meinem Fahrrad unterwegs bin, ich gehe aber nicht weiter auf seinen Kommentar ein. Ich verabschiede mich von ihm und Sofia und laufe heimwärts.

Maria schaut mich erwartungsvoll an. „Heute müssen wir die Medizin für Paps holen. Hat Carlos dich schon bezahlt?"

Ich schüttle den Kopf. „Nein, aber ich habe gestern ein paar Pesos für meinen Aushilfsjob bekommen."

Meine kleine Schwester atmet auf. „Oh, gut, ich habe leider gestern das letzte Bisschen für Lebensmittel ausgegeben."

Ich umarme sie liebevoll. „Ich weiß, alles gut. Wir schaffen das schon. Wie geht es ihm heute?"

Santiago kommt mit einem leeren Becher zu mir. „Gleich wie gestern", beantwortet er die Frage für seine Schwester. „Wir haben keine Milch mehr, um Milchreis zu kochen", jammert er.

Ich runzle die Stirn. „Ich dachte, ihr habt gestern eingekauft."

„Ja, aber wir brauchen trotzdem wieder Milch. Und Zucker. Reis haben wir noch genug."

„Kümmerst du dich darum?", frage ich Maria und hoffe ehrlich auf ihre Unterstützung. „Ich schiebe heute wieder ein paar Überstunden. Solange wir die Tabletten für unseren Vater kaufen müssen, können wir jeden zusätzlichen Peso brauchen."

„Wo treibst du dich da rum?", bohrt Maria neugierig nach.

„Mach dir keine Sorgen, ich pass auf mich auf. Es kann nur sein, dass ich heute Nacht nicht heimkomme, dann gehe ich direkt zum Markt morgen in der Früh."

Meine Schwester schaut mich skeptisch an. „Geht es um ein Mädchen?"

Ich schnaube und spüre regelrecht, wie sich meine Nasenflügel aufblähen. „Nein, warum glauben das bloß alle! Ich will mich gut um meine Familie kümmern, danke für eure Unterstützung!" Meine Stimme klingt gespielt beleidigt und die Ansage trieft vor Sarkasmus.

Maria dreht sich um und geht zum Herd.

Ich wollte nicht gemein sein, kann die Worte aber leider nicht zurücknehmen. Ich hole das Geld und gebe ihr etwas mehr als notwendig. „Kauf eine Extrapackung Zucker, damit Santiago seinen Milchreis bekommt. Passt auf euch auf, ich bin entweder heut Nacht oder morgen Nachmittag zurück."

Maria grummelt etwas Unverständliches und spült einen Teller ab.

„Ach ja!" Ich stoppe kurz auf meinem Weg nach draußen und wende mich nochmal meinen Geschwistern zu. „Wenn Eva oder Luis vorbeikommen, entschuldigt mich bitte bei ihnen."

Auf dem Weg nach Barrio schnuppere ich an meinen Achseln und rümpfe die Nase. Erst jetzt fällt mir ein, dass ich mich schon Ewigkeiten nicht mehr geduscht habe. Augenblicklich schäme ich mich, weil mir bewusst wird, dass ich so und in diesem Zustand nicht bei Admir auftauchen kann. Andererseits hat er mir deutlich gesagt, dass er meine Dienste früher als gestern in Anspruch nehmen will, deshalb kommt Umdrehen und bei mir daheim schnell duschen auch nicht in Frage.

In einer Fußgängerpassage sehe ich vor einem Sportladen einen Metallständer mit Abverkauf-T-Shirts. Ich wage einen kurzen Blick, weil ich sowieso an diesem Shop vorbei muss und mein Herz macht vor Freude einen Sprung, als ich sehe, dass sie auch Fußballtrikots vom Preis her runtergesetzt haben. Ich befühle das rutschige Material von den bunten Shirts.

Meine Gedanken fahren mal wieder Achterbahn mit mir. Könnte es Admir freuen, wenn er mich in einem sportlichen Shirt sieht oder würde es ihn vielleicht ein bisschen beeindrucken? Na, wohl eher nicht, er ist so reich, dass er sich einen ganzen Sportshop kaufen könnte! Was für ein doofer Einfall! Aber mit meinem

dreckigen, kaputten und durchgeschwitzten Shirt will ich trotzdem nicht bei ihm aufkreuzen.

Der Nieselregen hat längst aufgehört, jetzt brodelt eine Art unsichtbarer Dunst überall in der Stadt. Ich überlege kurz, ob ich mir ein günstiges Fußballtrikot leisten kann und entscheide mich für ein blaurotes Nike-Shirt, das sehr cool geschnitten ist und mir wie angegossen passt. Ich bezahle, halb mit einem schlechten Gewissen, weil ich weiß, dass ich sparen muss, aber doch voller Vorfreude auf den Abend bei Admir, was auch immer er bringen mag. Ich wechsle das Shirt auf der Straße und schaue mich in der Spiegelung des Glases der Auslage an. Das alte Leibchen stopfe ich hinten in meine Gesäßtasche. Ich lege einen ordentlichen Zahn zu, um bald bei Admir zu sein.

Im Stiegenhaus erschlagen mich tausend Zweifel und Emotionen, weil das Adrenalin in meinen Adern für eine ungewöhnliche Mischung aus Spannung, Neugierde und Panik sorgt. Ich renne fast eine Nachbarin von Admir um, als ich hochsprinte. Ich weiß, ich hätte auch den Lift nehmen können, aber dummerweise denke ich daran erst, als ich schon den zweiten Stock hinter mir habe.

Am Gang im Dachgeschoss fällt mein Blick sofort auf das schlampig abgelegte Paar Stollenschuhe vor der Tür zu Admirs Wohnung. Ich atme tief durch, versuche mich zu beruhigen. Betätige aber noch nicht die Klingel. Schaue auf die knallroten Treter mit den Stahlstollen. Sofort steigt mir ein derber, säuerlicher Geruch in die Nase. Purer Fußballerschweiß. Ich folge meinem Instinkt, bücke mich und schnuppere an den immer noch körperwarmen Schuhen, deren Innenseite kräftig duftet.

Admir

Ich schaue auf die Uhr und stelle fest, dass es schon 16 Uhr ist und ich frage mich, ob Bruno noch auftauchen wird. Oder war der Bursche schon da, während ich laufen war? Andererseits glaube ich nicht, dass Bruno gehen würde, wenn ich ihn bestelle und er merkt, dass ich nicht da bin. Ich gehe davon aus, dass Bruno ziemlich sicher auf mich warten würde.

Ich mache mir einen Becher Café Latte und erinnere mich an die Worte des Vermieters, der mich vor der hohen Kriminalität hier in Buenos Aires gewarnt hat. Ich denke an meine teuren Adidas Sneakers vor der Tür und beschließe, diese sicherheitshalber lieber auf der Terrasse zu parken als am Gang, denn das, was die Teile kosten, übersteigt den durchschnittlichen Monatslohn hier deutlich.

Ich öffne die Wohnungstür und sehe wie Bruno einen meiner Soccerschuhe in der Hand hält und seine Nase tief in den Sneaker steckt. Brunos Kopf wird sofort knallrot und er lässt vor Schreck den Sneaker zu Boden fallen, als er mich sieht. Ich kann nur ahnen, wie peinlich dem jungen Kerl diese Situation ist. Ich beuge mich runter und hebe den Sneaker auf und halte ihn Bruno hin.

„Du solltest besser auf meine Sneakers aufpassen. Die waren teuer", ermahne ich den Bengel und sehe wie er zittert. Ich entscheide mich diese einmalige Chance zu nutzen und ziehe Bruno mit dem Sneaker in der Hand in meine Wohnung. Bruno versucht etwas zu sagen, allerdings stottert und stammelt er so

sehr, dass es klingt, als hätte er dringend einen Logopäden nötig. Ich mustere Bruno von oben bis unten und es ist mehr als deutlich, dass er in seiner Körpermitte eine mehr als durchschnittlich große Beule aufweist. Außerdem nehme ich wohlwollend zur Kenntnis, dass er heute ein scheinbar neues Shirt trägt, das für seine Verhältnisse eigentlich zu teuer ist. Ein Leibchen, das er sich wohl mir zuliebe zugelegt hat, vielleicht sogar um mich zu beeindrucken. Ich gebe zu, dies ist eine Tatsache, die mir sehr schmeichelt.

Ich nehme Bruno den Turnschuh aus der Hand und führe ihn langsam zurück an die Nase des sichtlich überraschten Bengels. Wie erwartet bekomme ich keine Gegenwehr und Bruno schließt die Augen und atmet tief ein. Ich betrachte den Body, sehe, wie die fette Beule in seiner Shorts zuckt, und ich überlege genau, wie ich diese Situation weiter ausnutze.

Bruno atmet schwer und ich presse meinen Sneaker jetzt hart auf sein Gesicht. Ich greife mir den Saum seines T-Shirts, ziehe das Teil nach oben und betrachte mir zum ersten Mal in aller Ruhe den flachen Bauch und den verdammt schön gezeichneten Brustkorb des jungen Südamerikaners. Ich greife Bruno an eine seiner dunkelroten Brustwarzen und drücke fest zu. Ich höre Bruno leise winseln und als er seine Augen öffnet und ich in seine funkelnden Augen schaue, dauert es nur Sekunden, bis er den Blick senkt. Ich lasse von Brunos Nipp ab, greife seine Hand und führe sie zu dem Sneaker, so dass er ihn selbst halten kann. Ich schmunzle geheimnisvoll und gehe langsam in Richtung Terrasse.

„Wenn du fertig bist, stell die Dinger auf die Terrasse. Die Schmutzwäsche ist jeweils in den Körben im Bad und im Schlafzimmer. Wenn du sie sortiert hast, kannst du zu mir kommen, ich hab' noch ein paar weitere Aufgaben für dich."

Ich setze mich auf den bequemen Liegestuhl auf der Terrasse und mir ist klar, dass Bruno gerade ziemlich verwirrt sein muss. Hat er doch sicherlich mit allem gerechnet, aber vermutlich nicht mit dieser Aktion, aber ich weiß, dass es genau der richtige Weg ist, um einem Burschen wie Bruno zu zeigen, wo sein Platz ist.

Ich entspanne, greife mir meinen E-Reader und lese die aktuellen Schlagzeilen der Sportillustrierten. Zwischendurch lasse ich immer wieder meinen Blick über die Metropole Buenos Aires schweifen und freue mich, dass ich den Neustart hier doch ganz gut in den Griff bekommen habe. Ich merke wie ich nach dem Laufen doch etwas Hunger bekomme, pfeife einmal laut und wie erwartet kommt Bruno angerannt und schaut mich unsicher an. Es ist kaum zu übersehen, dass er vollkommen nervös ist.

„Ich hab" Hunger, mach mir ein Sandwich. Wie weit bist du mit der Wäsche?", frage ich.

„Ich habe sie fertig sortiert und die erste Maschine läuft", erwidert der süße Bengel und ich nicke ihm zu.

Es dauert keine zehn Minuten bis Bruno mit einem Sandwich, belegt mit Salami, Tomaten und Blattsalat wieder aufsalutiert.

Ich nehme es und beiße einen großen Bissen ab. Ich beobachte wie Brunos Blick über seine Heimatstadt schweift und er dabei schwer und tief atmet.

„Ich habe von einem Steakhaus gehört, gleich hier um die Ecke und ich will es heute Abend testen. Ich will, dass du mitkommst", sage ich wie beiläufig und mache eine Pause, um Brunos unsicheren,

überraschten Blick zu genießen, bevor ich fortfahre.

„Allerdings kann ich dich so natürlich nicht mitnehmen. Also geh duschen und ich such dir was zum Anziehen raus!"

In Brunos Kopf raucht und arbeitet es. Offensichtlich ist er gerade damit beschäftigt, das eben Gesagte zu verarbeiten.

„Ist noch was?", frage ich nach und Bruno schluckt trocken. Nach ein paar Sekunden verschwindet er wortlos im Badezimmer. Mein Plan geht auf!

Ich esse mein Sandwich, welches wirklich gut schmeckt, auf und folge dem Burschen. Ich kann schon vor der Türe hören, wie das Wasser in der Dusche prasselt. Ich gehe rein und sehe wie Bruno unter der Brause zusammenzuckt. Ich mustere ihn und wenn ich mir ausgemalt habe, wie Brunos nackter Arsch wohl aussehen mag, so werden meine kühnsten Erwartungen noch um einiges übertroffen. Die strammen Schenkel, die prallen, schön runden Arschbacken sehen zum Reinbeißen aus und ich nehme mir vor, das in naher Zukunft auch tun. Bruno hat seine Hände vor seinem Schwanz verschränkt und schaut mich geschockt an.

„Wenn wir zusammen irgendwo hingehen, kannst du nicht aussehen wie ein dahergelaufener Straßenjunge. Und ich denke, dass ich aus dir einiges rausholen kann. Hier hast du Haarwachs, Parfüm und alles, was du sonst so brauchst. Bedien' dich einfach. Ich suche dir mal ein paar Klamotten raus, mit denen ich mich an deiner Seite zeigen kann", sage ich, verlasse das Bad wieder und gehe zu meinem begehbaren Kleiderschrank.

Ich überlege was Bruno wohl gut stehen könnte, obwohl ich weiß, dass ihn alles aus meinem Kleiderschrank definitiv upgraden wird. Ich nehme mir ein weißes knallenges Poloshirt von Superdry, eine weiße Baumwollhose und für drunter eine weiße Boxer von CR7. Ich greife mir alles und bringe es zu Bruno ins Badezimmer. Dieser steht nur mit einem Handtuch um die schlanken Hüften vor dem Spiegel und versucht sich mit dem Haarwachs die struppigen kurzen Haare zu stylen. Bruno hat gefühlt die halbe Tube des Haargels in den Händen und ich kann mir ein Schmunzeln nicht verkneifen.

„Warte, ich mach das", sage ich und nehme etwas von dem Wachs und style das strohige Haar von Bruno so, dass sein süßes Gesicht perfekt in Szene gesetzt wird.

„Ich habe dir etwas zum Anziehen herausgesucht. Lass mal sehen, ob die Sachen passen", schlage ich vor und bleibe im Türrahmen stehen. Bruno schaut mich unsicher an und zögert etwas aber dann greift er sich die Boxer und lässt das Handtuch fallen. Ich mustere Bruno, wie ich es mittlerweile schon so oft getan habe, als er angezogen war, doch nackt gefällt mir der Bursche eindeutig noch besser. Ich bleibe mit meinem Blick zwischen den wohlgeformten Schenkeln von Bruno hängen, denn das, was dort zum Vorschein kommt, habe ich definitiv so nicht erwartet.

Bruno

Mir ist so heiß, dass mir ganz kurz schwindelig wird. Alles Blut hat sich jetzt in meinen Wangen und in meinem Schwanz angesammelt. Hastig schnappe ich mir die Unterhose und spüre so deutlich Admirs Blicke auf mir, als würde ein Schlachter die Fleischqualität eines Schweines überprüfen. Mein Herz rast und das Adrenalin jagt in Lichtgeschwindigkeit durch meinen Körper. Ich bin erleichtert, dass der Soccerprofi schmunzelt, was ja nicht das schlechteste Zeichen ist.

Lässig hebt er seine rechte Hand und deutet mit erhobenem Zeigefinger und einer kreisrunden Bewegung, dass ich mich umdrehen soll. Was ich natürlich sofort tue.

Ich blicke in den Spiegel und sehe, wie er meinen Rücken und meinen Arsch mustert. Ich steige in die Undie und versuche dabei nicht das Gleichgewicht zu verlieren oder sonst etwas Peinliches zu tun.

Wenn mich nicht alles täuscht, grunzt der Sportler leise und kommt ein paar Schritte auf mich zu. Er fährt mit seiner rechten Hand über den Gummibund der Unterhose, meine Hüfte und lässt den Daumen über den Ansatz meiner rechten Arschbacke streichen.

„Ein ungeschliffener Diamant", raunt Admir im Flüsterton. Im Spiegel treffen sich unsere Blicke, ich höre das Blut in meinen Ohren rauschen und senke wieder den Blick.

„Warte, ich helf' dir."

Ich starre zu Boden und wage es nicht, mich zu bewegen. Ich wollte mir gerade das T-Shirt anziehen, als ich beobachte, wie Admir das viel zu enge Kleidungsstück nimmt und genau dabei zuschaut, wie ich meine Arme hebe, damit er dabei helfen kann, es mir über den Kopf zu streifen.

Die Nähe zu ihm lähmt mich fast, macht mein Herz groß und meine Gedanken explodieren. Ich bin zwar noch nie Achterbahn gefahren, aber genauso muss es sich anfühlen, wenn man rauf und runter rast.

Das Shirt duftet himmlisch, genau wie Admir und ich bin dankbar, dass ich etwas so Edles, Schönes tragen darf. Ich kenne die Marke von den Schaufenstern in den Einkaufsstraßen, habe mir aber noch nie ein Superdry-T-Shirt gekauft.

Es fühlt sich komisch an, weil der Stoff spannt, doch Admir scheint es zu gefallen, denn er streicht fast sanft über den Saum des Shirts, befühlt prüfend meine Beule und kneift einmal fest zusammen, so fest, dass ich kurz glaube, dass meine Eier platzen. Ich habe nie nachgemessen, wie groß mein Schwanz ist, aber ich weiß, dass er im Vergleich zu Luis' Pisser sogar etwas länger und dicker ist, wenn er die volle Größe hat. Ich freue mich, dass der Starkicker zufrieden mit mir und dem, was er vor sich sieht, ist. Ich schöpfe langsam Hoffnung, dass die Verbindung zwischen ihm und mir tiefer gehen könnte als ein normales Dienstverhältnis zwischen einem Arbeitgeber und einer einfachen Haushaltshilfe. Ich weiß nur nicht, was genau Admir sich von mir alles erwartet, aber es fühlt sich gut an, in seiner Nähe zu sein.

Als ich in die weiße Hose schlüpfe, die er für mich vorbereitet hat, muss ich mich bücken. Ich weiß, dass der unglaublich gutaussehende Kerl mich keine Sekunde aus den Augen lässt.

„Du bleibst heute Nacht bei mir", sagt Admir, als ich den Gürtel schließe. Ich zittere wieder und gebe mir die größte Mühe, nicht zu zeigen, wie aufgeregt und nervös ich bin. Die Ansage klingt nicht nach

einer Bitte.

Ich nicke. „In Ordnung!"

Der Soccerprofi hilft mir dabei, dass ich nach fünf Minuten ausgehfertig bin und in der Tiefgarage begreife ich erst langsam und Schritt für Schritt, was ich für ein Riesenglück habe. Ich entspanne etwas, als ich neben Admir im Audi sitze und lateinamerikanische Musik aus den Boxen wummert. Er trägt ein schlichtes weißes Hemd, dunkle Jeans und weiße Puma Sneakers. Die Bartstoppeln unterstreichen seine Männlichkeit und seinen rauen Teint. Ich genieße es, ihn aus den Augenwinkeln zu bewundern. Und bin mir fast sicher, dass er sehr genau weiß, dass ich ihn so unauffällig wie möglich anstarre.

Wir fahren im Abendverkehr durch die Stadt und Admir durchbricht das Schweigen. „Wäre es nicht vernünftig, wenn du deinen anderen Job kündigst? Du wirst sehr gut von mir entlohnt, du brauchst die Arbeit am Markt nicht mehr."

In mir arbeitet es. Natürlich hat er recht, aber erstens geht mir alles zu schnell, zweitens habe ich den Haken an der Sache noch nicht entdeckt und drittens weiß ich nicht, wie lange mir so viel Glück beschieden sein wird.

„Warum zweifelst du?" Admir scheint meine Gedanken lesen zu können.

„Ich trage die Verantwortung für meine ganze Familie. Seit mein Vater Multiple Sklerose hat, kann er nicht mehr arbeiten und ich sorge sowohl für ihn als auch für meine Geschwister. Ich wünschte die Dinge wären leichter."

Der smarte Fußballer denkt nach, bevor er ruhig und wohl überlegt antwortet. „Ich kann dir dabei helfen, dafür zu sorgen, dass für die Medikamente als auch für die Verpflegung für deine Angehörigen gesorgt ist. Und dass auch du selbst weiterkommst in deinem Leben."

„Warum solltest du das tun?", entgegne ich.

Admir zieht beide Augenbrauen hoch. „Oha, habe ich dir erlaubt, mich so formlos anzusprechen?"

Ich schrecke hoch und räuspere mich. „Verzeihung, das wollte ich nicht."

Der Starkicker lacht herzlich. „Alles gut, war doch nur Spaß. Gut, das ist eine berechtigte Frage. Vielleicht liegt es daran, dass ich weiß, wie es ist, wenn man nichts hat. Ich bin nicht reich geboren, ich musste mir das alles erarbeiten. Natürlich hatte ich viel Glück, aber das bedeutet nicht, dass ich nichts oder nur wenig für mein Geld getan habe."

Admir stellt den Wagen in einer Seitengasse ab und wir schlendern an einem kleinen Straßencafé vorbei zu einem modern eingerichteten Steakhouse, welches anscheinend auch traditionelle argentinische Küche anbietet.

Es fühlt sich eigenartig ein, in einem so teuren Lokal einen Platz zugewiesen zu bekommen. An diesem Laden würde ich mich unter normalen Umständen kaum trauen, draußen überhaupt nur einen Blick auf die Speisekarte zu werfen. Wobei ich langsam ahne, dass das hier einer der Schuppen ist, wo man gar keine Speisekarte bekommt, sondern die Angestellten einem die Empfehlungen der Küche runterbeten. Der Kellner, der uns bedient, hat dunkle Haut und ist kaum älter als ich, aber mit seinem Gilet und seinem

hübschen Hemd wirkt er extrem förmlich und passt vom Erscheinungsbild her perfekt in das Ambiente. Mein Blutdruck ist weit über dem Durchschnitt, als ich mich umschaue und nur schick gekleidete Anzugträger und Damen in erhabener Abendgarderobe sehe. Ich passe nicht wirklich hierher, aber es ist schön, dass der Profikicker mir genau das vermitteln möchte. Ich schätze, sonst hätte er mich nicht mitgenommen.

Admir ordert ein blutiges Porterhouse Steak, während ich mich für scharfe Empanadas entscheide.

Ich weiß nicht, wie oft ich mich für das alles hier bedanke, aber irgendwann weist mein großzügiger Gönner mich darauf hin, dass er die Botschaft verstanden hat und ich nicht pausenlos *Danke* sagen muss.

Wir müssen nicht lange auf die Hauptgerichte warten und ich zerdrücke ein paar Glückstränen, als ich die besten Empanadas meines Lebens verspeise. Sie sind so delikat gewürzt und haben genau die richtige Schärfe, in der Füllung sind viele Zwiebeln und der Teig ist außen leicht knusprig. Admir scheint sein Steak auch zu genießen, wir trinken Weißwein dazu, der beim zweiten Glas bereits meine Sprachfähigkeit beeinträchtigt.

Der erfolgreiche Sportler lacht, als er merkt, dass ich mir bei der Aussprache von ein paar Wörtern schon schwer tue. Und ja, der Wein lockert meine Zunge.

„Es wundert mich, dass du keine fixe Freundin hast. Die Frauen müssen dir ja zu Füßen liegen."

Admir stellt sein Weinglas ab und schnauft. „Glaub mir, Kleiner, das tun sie. Aber abgesehen von Imagezwecken kann ich mit ihnen nicht viel anfangen. Sie sind okay, wenn man sonst nichts Brauchbares in der Nähe hat, aber für etwas Fixes sind sie mir viel zu bitchig, zickig und ja, leider auch dumm. Gewiss nicht alle, aber ein sehr großer Teil."

„Es gibt aber auch dumme Jungs", halte ich dagegen.

Der Fußballer schmunzelt. „Das ist wohl wahr, aber Burschen sind härter im Nehmen."

Ich schlucke. Wie hat er das nun gemeint? Ich weiß im ersten Moment nicht, was ich darauf erwidern soll.

„Was denn? Hat es dir die Sprache verschlagen?"

Ich wische mir den Mund mit der Stoffserviette ab. „Muss man denn hart im Nehmen sein, wenn man sich auf dich einlässt?"

Admirs Mundwinkel gehen steil nach oben. „Kleiner, du hast ja keine Ahnung."

Seine Andeutungen und rätselhaften Bemerkungen ängstigen mich mehr als dass sie mir weiterhelfen, aber schön langsam vermute ich ja, dass das Absicht ist.

Zum Begleichen der Rechnung verwendet der Star seine Kreditkarte und als wir gut gesättigt in die Nacht hinausgehen, fröstle ich kurz.

Als wir wieder im Auto sitzen, zuckt meine linke Hand kurz und ich würde am liebsten Admirs Oberschenkel berühren. Nur traue ich mich nicht.

„Wann musst du morgen raus?"

Ich atme tief durch. „Spätestens um vier, sonst schaffe ich es nicht."

„Gut möglich, dass du nicht genügend Schlaf bekommst heut Nacht." Wieder dieses geheimnisvolle Lächeln.

Ich nehme all meinen Mut zusammen, der Wein von vorhin trägt das Übrige dazu bei, als ich nach den richtigen Worten suche, um eine Frage zu stellen, die mir am Herzen liegt. „Du suchst aber nicht wirklich nach einem Freund oder Geliebten?" Meine Stimme zittert und ich war mir noch nie in meinem Leben so unsicher wie jetzt gerade.

Kurzes Schweigen, dann Admirs kehliges, tiefes Lachen, welches ich gerade überhaupt nicht zuordnen kann.

Admir

In vino veritas, im Wein liegt die Wahrheit. Ich bin überrascht und gleichzeitig erfreut, dass der Alkohol scheinbar die Zunge von Bruno gelockert hat und auch, dass er damit beginnt, die Mauer um sich herum etwas einzureißen. Die Frage, ob ich einen Freund oder einen Geliebten suche, ignoriere ich, weil Bruno sicher noch früh genug erfahren wird, was ich suche.

„Dir ist schon aufgefallen, dass dich bis jetzt schon einige Restaurantbesucher angeschaut haben, als würdest du heute auf der Speisekarte stehen?", frage ich Bruno.

„Du meinst wohl eher, die haben *dich* angeschaut", erwidert der Bengel und ich grinse ihn an.

„Hast du heute mal in den Spiegel geguckt, jetzt, wo du mal vernünftige Kleidung trägst? Aus dem kleinen schmuddeligen Slumboy ist mit einer Dusche und ein paar guten Klamotten eine richtig süße kleine Ratte geworden", gebe ich zu bedenken, während ich Bruno aus den Augenwinkeln mustere und unsere Blicke sich schließlich treffen.

Dann passiert etwas, was ich nicht vorhergesehen habe. Ich spüre wie Bruno seine Hand auf meinen Oberschenkel legt und sofort pumpt mein Schwanz Blut.

„Ich hoffe ich enttäusche dich nicht", murmelt Bruno und streicht liebevoll über mein rechtes Knie.

„Hast du denn Erfahrungen mit Männern?", frage ich direkt, da es mittlerweile klar ist, dass ich mehr als nur einen Bediensteten suche, der meinen Haushalt organisiert.

„Kaum der Rede wert. Einmal mit meinem besten Kumpel, aber wir waren noch jünger und neugierig", entgegnet Bruno und sein Blick konzentriert sich jetzt auf die Schaufenster der feinen Boutiquen, die an uns vorbeifliegen.

Ich grunze leise. Die Vorstellung, Bruno alles beizubringen und ihn zu dem zu formen, was ich schon immer gesucht habe, gefällt mir. Ich steuere meinen Wagen in die Tiefgarage, die zu meinem Wohnhauskomplex gehört und steige aus. Bruno folgt mir, wirkt nervös und als wir im Fahrstuhl stehen, nähere ich mich ihm ohne Vorwarnung. Und Bruno, der mit dem Rücken zur Fahrstuhlwand steht, schaut mich mit seinen großen Augen an und zittert stärker, als ich seinen Kopf greife und sanft meine Lippen auf seine

drücke. Wie erwartet sind die prallen Lippen weich und ich genieße es, meine Zunge in seinen Mund zu schieben. Schnell erobere ich Brunos Rachen. Der Bursche lässt alles mit sich geschehen, ist zu überrumpelt, um irgendetwas zu machen und so reagiert er nur zögerlich und fuchtelt unsicher mit beiden Händen. Ich lecke Bruno aus, lasse meine Zunge mit seiner tanzen und drücke mein neues Spielzeug dabei hart an die Wand.

Ich reibe meinen Körper an seinem und spüre, dass der Kleine mindestens genauso geil ist wie ich, denn sein Schanz pocht deutlich sicht- und spürbar in der Hose.

Ich vernehme das Klingeln des Fahrstuhls, welches signalisiert, dass wir im obersten Stockwerk angekommen sind und so beende ich widerwillig das Erkunden von Brunos Maul, als sich die Lifttür öffnet.

Ich greife seine Hand und ziehe ihn aus dem Fahrstuhl in Richtung Appartement. Ohne irgendwelche Umwege treibe ich mein Opfer ins Schlafzimmer und als wir angekommen sind, schnappe ich mir direkt den Saum des Superdry Poloshirts und ziehe es Bruno über den Kopf. Ich drehe den Bengel so, dass er mit dem Rücken zu mir steht, presse mich an seinen Körper und reibe meinen harten Schwanz an seinem noch durch die Hose geschützten Arsch. Ich lege meine Hand von hinten auf Brunos Brust und spüre, dass sein Herz schnell und wild schlägt.

Brunos Blick schweift über die Einrichtung meines Schlafzimmers. Die Decke ist komplett verspiegelt und an der Seite ist ein 75 Zoll Fernseher an der Wand befestigt. Das eigentliche Highlight ist aber das speziell für mich angefertigte Kingsize, meine fünf mal fünf Meter große Fickoase, auf der einige Leute Platz haben und die dringend darauf wartet, gebührend eingeweiht zu werden.

Bruno zittert jetzt noch heftiger und sein Nacken und sein Hals sind ganz nass vom Schweiß. Ich küsse Brunos Genick, greife vor zum Knopf seiner Baumwollhose und sorge dafür, dass sie ihm von den Hüften auf den Boden gleitet.

Ich drehe Bruno um, so dass sich unsere Blicke treffen und die Augen des jungen Burschen leuchten. Ich grinse zufrieden, als ich spüre wie Bruno mit zitternden Fingern damit beginnt die Knöpfe von meinem Hemd zu öffnen. Als er nach einer gefühlten Ewigkeit alle Knöpfe geöffnet hat, streift er fast ehrfürchtig das Hemd von meinem Körper und die Berührungen seiner Hände sind sanft und verehrend. Ich mache einen Schritt vorwärts und sorge damit dafür, dass Bruno mit seinen Unterschenkeln gegen die Bettkante stößt und rückwärts auf die Matratze fällt.

Ich mustere den bildhübschen Bengel, der jetzt nur noch mit der CR7 Boxer auf meinem Bett liegt und lecke mir die Lippen, denn Bruno ist wirklich unglaublich sexy und ich muss mich arg zusammenreißen, um nicht einfach über ihn herzufallen und ihn zu zerficken, als wäre er eine billige Hure. Denn dass in ihm Potenzial steckt und ich mehr mit ihm vorhabe als ihn einfach nur einmal aufzubocken, das ist so sicher wie das Amen im Gebet.

Als Bruno so vor mir liegt wie die Maus vor der Schlange, verängstigt und unsicher, wird mir schnell wieder bewusst, was für ein Juwel dieser Boy ist.

Ich knöpfe meine Hose auf und ziehe sie mit einem Ruck runter, während mein Blick an Brunos Beule

Ich schaue hoch zum Deckenspiegel und lege meine Hände auf Brunos Kopf. Ich genieße den Anblick seines kompakten Arsches und drücke seinen Kopf langsam aber ohne Rücksicht tiefer auf meinen Schwanz. Ich höre Bruno würgen und wimmern und sehe im Spiegel wie er jetzt derb zittert. Und dann beginnt sein perfekter Arsch genau wie der Rest seines Körpers wild zu zucken und Brunos Finger krallen sich in meine Oberschenkel. Ich atme tief durch und genieße den perfekten Soundtrack, eine Mischung aus Schluchzen, Winseln und Prusten.

Bruno

Jede Faser von Admirs Körper ist begehrenswert. Ich weiß nicht, ob dieser rassige Sportler ahnt, wie sehr mich sein Auftreten, sein Körper und seine ganze Art beeindrucken. Vor lauter Freude und Übermut vergesse ich für eine Sekunde, wie empfindlich die dicke Eichel ist und grabe meine Zähne ins blanke Fleisch rund um den Pissschlitz.

Lautes, bedrohliches Knurren.

Ich zucke zusammen und bekomme sofort eine Maulschelle.

„Nicht so stürmisch, Kleiner!" Admir keucht, als wäre er einen Marathon gelaufen. Seine Wangen glänzen jetzt in einem satten Tomatenrot.

Ich will mich entschuldigen, bringe aber nur ersticktes Jammern heraus. Was Admir aber keineswegs stört, denn sofort entspannt er sich wieder und lehnt sich zurück.

Ich lecke, sauge und küsse den anbetungswürdigen Schwanz, als würde mein Leben davon abhängen. Nie, nicht in tausend Jahren hätte ich gedacht, dass ich je einmal einem berühmten, erfolgreichen Kerl dienen darf, der für so viele Fans und Bewunderer ein Vorbild ist. Wenn man die letzte WM mitverfolgt hat, weiß man, wer Admir Papic ist und jeder, der was von Fußball versteht, weiß, was für eine glänzende Karriere noch vor ihm liegt und dass er jetzt schon zu den Größten auf der ganzen Welt gehört.

Die Tageszeitungen bei uns in Argentinien waren voll mit den Schlagzeilen, als offiziell verkündet wurde, dass er nach Buenos Aires zieht.

Ich denke, dass einer der Gründe, warum ich ihn nach unserer ersten Begegnung nicht gleich erkannt habe, jener ist, dass ich nie daran geglaubt habe, dass ich je so einem Star begegnen könnte. Nicht unter den gegebenen Umständen. Ich bin ein Nichts und habe nichts. Alleine, dass er mich überhaupt wahrgenommen hat, grenzt an ein Wunder.

Und nun liege ich hier in seinem wunderschönen, riesigen Bett und darf ihm zu Diensten sein. Natürlich lassen Aufregung und Nervosität kein bisschen nach, auch jetzt nicht, aber ich würde ihm gerne zu verstehen geben, dass ich alles für ihn tun würde, wirklich alles.

Admirs Vorsaft schmeckt nach purer Männlichkeit und ich sauge jeden Tropfen mit vollem Körpereinsatz aus dem Pisser, der bestimmt schon viele Menschen beglückt hat. Vermutlich Frauen wie auch Kerle.

In einem kurzen Augenblick, wo ich innehalte, Luft hole und krampfhaft versuche, durch die Nase zu atmen, was gar nicht so einfach ist, wenn man so einen großen Kolben im Maul hat, genieße ich einfach die Beschaffenheit dieses perfekten Schwanzes. Die Wärme, den Umfang, die Kraft, die davon ausgeht und ich spüre, wie es in meinen Lenden zu kribbeln beginnt und mein eigener Pisser den Stoff der Unterhose am liebsten sprengen würde.

Erleichtert atme ich auf, als Admir mich aus der Undie befreit, die mir ohnehin einen Tick zu eng war. Dafür richtet er sich auf, greift um mich herum und streift mir das Stück Stoff über den Arsch. Den Blick, als mein neuer Vorgesetzter und Boss meinen Schwanz erblickt, kann ich nicht deuten. Ich weiß, dass ich schon nach den Turnstunden in der Schule beim Duschen immer alle Blicke auf mich gezogen habe, wobei ich mir selbst über mein Gemächt kein Urteil erlauben will. Luis meinte mal, dass ich damit locker in Pornos mitspielen könnte. Aber Luis redet viel, wenn der Tag lang ist.

Admirs Maul schließt sich wieder nach einem kurzen, verwunderten Raunen und wie um das zu überprüfen, was seine Augen ihm da zeigen, greift er meinen Kolben, zieht die Vorhaut hart zurück und drückt den Fingernagel seines Daumens in meinen Pissschlitz.

In der nächsten Sekunde befördert der smarte Fußballer mich mit einem einzigen Handgriff wieder zurück auf seinen Brecher. Ich will noch kurz ausspucken und Luft holen, aber es ist zu spät. Rotze läuft mir aus der Nase, während sich die fette Eichel in meine Kehle und weiter in meinen Hals schiebt. Sofort schießen mir mehr Tränen in die Augen, etwas, was ich unmöglich verhindern kann. Mir war nie bewusst, wie schwer es ist, einen Schwanz mit dem Maul zu befriedigen, denn das Schlecken, Küssen und Saugen scheint Admir eindeutig zu wenig zu sein. Die ungewöhnlichsten und lautesten Geräusche gibt der Sportler von sich, wenn ich an seinem Fotzenspalter fast ersticke.

Ich denke gar nicht daran, mich zur Wehr zu setzen, immerhin möchte ich es mir nicht mit ihm verscherzen. So sind die natürlichen Überlebensinstinkte das Einzige, was ich dem Angriff entgegensetze. Mit weit aufgerissenen, tränenverschleierten Augen suche ich Admirs Blick und suche so etwas wie Erbarmen oder einen Funken Zärtlichkeit. Aber da ist nur kühler Stolz in dem Gesicht, das als Poster bestimmt in vielen Jugendzimmern hängt. Und so krass das auch klingt, aber genau diese Tatsache pusht mich auf eine Weise, die mich sehr überrascht.

Meine Hände schnellen abwechselnd in die Höhe, ich strauchle, winde mich und irgendwann begreife ich, dass ich auf Admirs Willkür und sein Wohlwollen angewiesen bin, denn *er* ist es, der entscheidet, wann ich wieder durchatmen darf. Es ist auch diese große Macht, die er besitzt, die mich beeindruckt.

Nach ein paar Minuten lerne ich den Rhythmus, mit dem er meine Kehle auffickt und ich lasse meine rechte Hand liebevoll über seinen flachen Bauch streichen, auf dem ein süßer Haarflaum sprießt. Dann spiele ich mit seinem kleinen Nabel, zeichne die Bauchmuskeln nach und ich beginne mehr und mehr Gefühle für diesen unglaublich starken, selbstbewussten und an eine Gottheit erinnernden Kerl zu entwickeln.

Admir packt mich am Schopf, zieht seinen Brecher raus, lässt mich abermals Luft schnappen und spuckt

mir derbe einen Batzen Rotze auf die Zunge, den er von ganz tief unten raufgezogen hat. Dann drückt er mich wieder brutal auf seinen respekteinflößenden Schwanz.

Meine Haare sind bereits schweißnass und ich spüre die Erschöpfung mit jeder Minute mehr, umso verblüffter bin ich, als Admir plötzlich unruhig wird. Seine Hand bleibt unnachgiebig auf meinem Hinterkopf und ich würge verzweifelt. Erst spät wird mir klar, dass er am Abrotzen ist und meinen Hals flutet. Deutlich spüre ich, wie der erste Spermastrahl aus der pochenden Eichel kommt und mir eine Impfung verpasst, die ich bis an mein Lebensende nie vergessen werde.

Vor Schreck brülle ich halberstickte Laute in den Brecher, während Admir tollwütig vor Erregung knurrt und mich besamt. Durch Tränen sehe ich, wie er alle Muskeln anspannt und nur sehr langsam zur Ruhe kommt.

Admir grunzt und sinkt auf sein Kissen, lässt mich los und entspannt, als ich noch immer am Schlucken und Sauberlecken bin.

Ein Teil von mir hofft, dass er mich schnappt, zu sich zieht, liebkost oder zumindest, dass ich mich an seiner Seite ein bisschen erholen darf.

Aber diese Hoffnung bleibt unerfüllt. Admir kickt mich, sanft zwar, aber doch bestimmt, zum Fußende, zieht sich die Decke über den trainierten Körper und spielt mit seinem Smartphone herum.

Ich wische mir den Schweiß aus dem Gesicht, spüre die Füße schwer auf mir liegen, versuche mich so zu drehen, dass ich es bequem habe und streiche gedankenverloren sanft über die Fußsohlen.

„Nacht, Kleiner", murmelt der Soccerstar.

„Gute Nacht, Boss", erwidere ich heiser.

Ich tue kein Auge zu, weil ich zu große Angst habe, dass ich verschlafe. Außerdem beschäftigt mich, das, was heute passiert ist, viel zu sehr. Dementsprechend kaputt schlurfe ich dann kurz vor vier Uhr aus dem Bett, sammle meine Klamotten ein, wasche mich kurz, pisse mich leer, was mich wieder daran erinnert, wie schön und edel Admirs Toilette ist und ich mache mich auf den Weg zum Markt.

Ich wage es nicht, mich krank zu melden oder gar das zu tun, was der Profikicker vorgeschlagen hat. Kündigen, nein, ich kann nicht einfach so den Job aufgeben, der meine Familie und mich bis jetzt über Wasser gehalten hat.

Mir ist klar, dass ich irgendwann auch mal schlafen muss und deshalb beschließe ich, am Nachmittag, wenn ich kurz zuhause bin, für eine oder zwei Stunden ein bisschen Schlaf nachzuholen. Ich nehme an, dass Admir tagsüber Training hat und Termine, deshalb wird es nicht so schlimm sein, wenn ich erst am frühen Abend zu ihm gehe.

Meine Geschwister schauen mich nur komisch an, als ich nach der Arbeit kommentarlos in mein Zimmer taumle, welches ich mir mit Santiago teile und völlig fertig ins Bett falle. Der letzte Gedanke, den ich fassen kann, ist jener, dass es nicht gesund sein kann, das auf Dauer so handzuhaben.

Der uralte Wecker reißt mich aus einem tiefen Schlaf und ich fühle mich, als wäre ich von einem LKW überrollt worden. Ich bin sehr froh, dass Maria und Santiago sich so gut um Vater und den Haushalt

kümmern, denn ohne ihre Hilfe könnte ich es mir nicht erlauben, den nächtlichen Besuchen bei Admir nachzukommen.

Gerade als ich, nachdem ich mit Maria ein paar Worte gewechselt habe, losstarten will, treffe ich an der Ecke, wo ich früher oft im Hinterhof Fußball gespielt habe, meine beste Freundin. Schuldbewusst zucke ich zusammen, als sie sich mir gegenüber aufbaut und mich fragt, ob ich vollkommen verrückt geworden bin.

„Auf welchem Trip bist du denn?", faucht Eva.

Ich schnaufe. „Eva, es tut mir leid, aber ich habe keine Zeit, das jetzt zu erklären."

„Doch, die wirst du dir nehmen. Ich kann dich natürlich auch gerne begleiten. Wir haben alle Zeit der Welt. So wie früher." Evas rabenschwarze Haare flattern in der milden Abendbrise. Wenn sie sich etwas in den Kopf setzt, boxt sie das auch durch. Da sind Widerworte zwecklos.

Ich setze mich also in Bewegung und muss akzeptieren, dass meine Beste neben mir herläuft. „Eva, dein Timing ist richtig übel."

Verächtliches Lachen. „Mein Timing? Bruno, du kannst von Glück reden, dass ich dich jetzt nicht übers Knie lege für diese freche Ansage. Seit Tagen tauchst du unter und gehst Luis und mir aus dem Weg und wenn ich deine Geschwister frage, bekomme ich auch nur komische Antworten. Wohin bist du unterwegs? Und was ist das für ein T-Shirt? Hast ja seit Ewigkeiten nichts Neues mehr gekauft." Sie zupft an meinem Nike-Shirt, was mich noch nervöser macht, als ich ohnehin schon bin.

Ich versuche mich zu beruhigen. „Ich habe einen zweiten Job angenommen, weil ich, weil wir knapp bei Kasse sind. Ist nichts Großes. Ich mach's wieder gut, versprochen. Und sorry, dass ich nicht Bescheid gesagt habe."

„Dann wird es dir ja nichts ausmachen, dass ich dich begleite, oder?"

Ich glaube, mich verhört zu haben. Ich muss jedoch aufpassen, dass ich sie nicht zu sehr verärgere. Ich kann nicht riskieren, dass sie weiß, wohin und vor allem zu wem ich gehe. Das würde alles kaputt machen.

„Bitte, ich lade dich am Wochenende auf einen Kaffee ein und wir spielen Fußball und gehen Kino. Und reden, von mir aus den ganzen Tag lang, aber jetzt muss ich wirklich weiter. Ich will mich nicht verspäten."

„Warum willst du mich nicht dabeihaben? Vielleicht kann ich dir sogar helfen. Ich putze zuhause auch immer." Eva hält gut mit mir Schritt und denkt nicht einmal daran, sich von ihrem Vorhaben abbringen zu lassen.

„Wo ist Luis eigentlich?" Ich versuche es mal mit Ablenkung, vielleicht funktioniert das.

„Der muss heute seinem Vater helfen. Moment mal, in was für einer noblen Gegend hast du denn deinen neuen Job gefunden? Was verschlägt dich hierher?" Je näher wir Barrio kommen und je schöner und massiver die Häuser werden, desto stutziger wird Eva.

Langsam, aber sicher komme ich in die Bredouille. Was soll ich tun? Riskieren, dass ich meiner Verpflichtung Admir gegenüber nicht nachkomme und einfach umdrehen, damit es nicht auffliegt, dass ich jetzt für ihn arbeite?

Oder alles auf eine Karte setzen und meine unglaublich neugierige, lästige, in diesem Moment sehr doofe beste Freundin mitnehmen und mit ihr zusammen bei Admir auftauchen?

Vermutlich wird der Soccerprofi mir so oder so den Kopf abreißen, denn weder das Eine noch das Andere wird ihn erfreuen.

Ich nehme all meinen Mut zusammen, stemme die Hände in die Hüften und setze meinen ernsten, entschlossenen und wütenden Blick auf. „Eva, ich kann dich dort nicht brauchen, wo ich jetzt hingehe. Das ist meine neue Arbeit und ich habe dir ja versprochen, dass ich dir alles in Ruhe erkläre." Gut, kleine Notlügen sind ja erlaubt, oder?

Plötzlich eine Stimme von hinten. „Vor wem seid ihr denn bitte auf der Flucht? Versuche euch schon die längste Zeit einzuholen!"

Luis. Toll, will noch irgendjemand?

Mir rutscht mein Herz in die Hose. „Dachte, du musst deinem Vater helfen", stammle ich, jetzt komplett aus der Fassung gebracht.

„Habe ich auch, aber schön langsam würde ich gern wissen, was da läuft. Bei dir und dem neuen Job, von dem du da redest."

„Hi, Luis!" Eva begrüßt unseren gemeinsamen Freund liebevoll mit einer Umarmung. Von einer auf die andere Sekunde ist sie wie ausgetauscht und lieb und nett, so wie sie eigentlich immer ist.

Ich vergrabe mein Gesicht in beiden Händen und weiß nicht, was jetzt besser wäre. Wenn mich ein Blitz trifft und ich tot umfalle oder ein tiefes Loch, in das ich springen kann.

Weil ich ohnehin schon spät dran bin, beschließe ich, einfach weiterzugehen. Meine beiden Anhängsel verfolgen mich. „Schicke Gegend, scheinst wohl aufgestiegen zu sein, Bruno!" Luis klingt vorwurfsvoll, fast höhnisch.

„Es ist nur ein Job", entgegne ich, vermutlich wenig überzeugend.

Viel zu schnell kommen wir in der Straße an, wo das moderne Hochhaus steht, in dem Admir wohnt. Gerade als ich meine beiden Freunde anschreien möchte, dass sie gerade dabei sind, mir mein Leben zu versauen, biegt ein verschwitzter und ausgepowerter, nur mit Shirt, Shorts und Sneakers bekleideter Admir um die Ecke, wohl von seiner Joggingrunde zurückkehrend, bleibt stehen und grinst mich süß an.

„Nabend, Bruno! Wird aber auch Zeit, dass du auftauchst! Sind das Freunde von dir?"

Mir klappt die Kinnlade runter und die Szene, die sich da vor meinen Augen abspielt, ist so surreal, dass ich nicht mehr weiß, wo oben und unten ist.

Admir

Bruno bekommt einen knallroten Kopf, denn offensichtlich ist es ihm superpeinlich, dass ihm seine Freunde gefolgt sind. Ich mustere den Burschen und das Mädchen und sehe wie der Bengel das Mädel

nicht gerade zaghaft anrempelt.

„Weißt du, wer das ist?", fragt der nicht unattraktive Boy aufgeregt und man kann sehen, wie dem Mädchen der Kopf raucht, weil sie vermutlich mein Gesicht kennt, es aber nicht zuordnen kann.

„Das ist Admir Papic! Der Fußballstar!"

Plötzlich wird die auf den ersten Blick noch recht zickig wirkende Freundin von Bruno knallrot, streckt freundlich ihre Hand aus und starrt mich an.

„Freut mich, Ihre Bekanntschaft zu machen, Herr Papic, mein Name ist Eva", stammelt sie und macht dabei eine halbgare Verbeugung vor mir.

Ich schaue zu dem Burschen, der mich deutlich mehr interessiert und der noch damit beschäftigt ist, sich seine dreckigen Hände in seinem dreckigen T-Shirt sauberzuwischen, was allerdings ein eher hoffnungsloses Unterfangen ist.

„Ich bin Luis", platzt es aus ihm heraus und er lächelt mich süß an.

Ich schüttle beiden die Hände und beide grinsen und strahlen um die Wette.

„Wir müssen dann mal, freut mich, euch kennengelernt zu haben, aber auf Bruno wartet ein Haufen Arbeit und da er morgen früh wieder auf den Markt muss, sollte er nicht zu spät damit anfangen. Ich bin mir sicher, wir hören noch voneinander", sage ich, um das betretene Schweigen zu beenden und blinzle dabei mit dem rechten Auge in Richtung Luis.

„Ja, natürlich", stottern beide im Duett und starren mich weiter mit großen Augen an, während ich Bruno in den Hauseingang schiebe.

„Sorry, ich hab' echt versucht sie abzuschütteln", entschuldigt sich Bruno, als wir den Fahrstuhl betreten. Ich lache nur. „Na ist doch cool, wenn sich deine Freunde Sorgen um dich machen. Und es ist doch nichts weiter passiert."

Wir marschieren in meine Bude und ich schnippe mir die Sneakers von den Füßen. „Die paar Erfahrungen, die du gemacht hast, die waren mit Luis?", frage ich direkt.

„Ja, das war mit Luis!"

Ich grunze bei dem Gedanken, wie die beiden Burschen unsicher ihre ersten sexuellen Abenteuer starten und spüre deutlich, dass meine Beule in der Shorts immer größer wird.

„Was liegt denn heute an?", fragt Bruno und wechselt geschickt das Thema.

„Ich habe noch ein paar Sachen zu erledigen, geschäftlich", erwidere ich, mache eine Schublade auf und hole ein Bündel Scheine raus, ohne sie vorher durchzuzählen.

„Ich will, dass du die Hemden, die da hinten in der Ecke liegen, in die Reinigung bringst, dann gehst du zum Schlachter und besorgst uns etwas Rindfleisch. Du musst die Quittung nicht aufheben, denn ich vertraue dir. Sag mir einfach Bescheid, wenn das Geld zur Neige geht und du bekommst neues. Dein Gehalt nimmst du dir auch einfach davon."

Bruno umklammert das Geld wie einen Schatz und nickt heftig.

„Ich erwarte dich in einer Stunde zurück."

Ich aktiviere über mein iPhone die fetten Bluetooth-Lautsprecher und starte meinen Laptop zu den Klängen von Jamie Cullum. Beantworte ein paar Mails, Sponsorenanfragen, Pressetermine und Bankgeschäfte und nebenbei denke ich auch immer wieder an Bruno und Luis. Mein Pisser pumpt sofort wieder Blut und so kann ich es kaum erwarten, dass Bruno endlich zurückkommt.

Als es klingelt, lasse ich Bruno wieder in die Wohnung und beschließe, mich morgen an den Hausmeister zu wenden, um einen weiteren Schlüssel anzufordern. Gut möglich, dass der Kleine, wenn er sich als würdig erweist, mein fixer Sklave wird.

Ich schaue Bruno nach, der direkt in die Küche verschwindet, um das Fleisch im Kühlschrank zu verstauen und damit beginnt den Salat zu putzen.

Ich klappe den Laptop zusammen und pfeife einmal. Bruno schaut um die Ecke und lächelt mich an. „Kann ich dir was bringen, Admir?"

Ich nicke nur und grinse ihn an. Deute Bruno mit einer Handbewegung, dass er zu mir kommen soll und wie nicht anders zu erwarten, gehorcht der Bengel aufs Wort. Ich lehne mich zurück, spreize die Beine und schaue Bruno in die Augen. Ich bin gespannt, wie gut der Kleine nach der ersten Lektion gestern schon funktioniert.

Brunos Blick schweift nach unten und bleibt an meinem in der Shorts bedrohlich pochenden Ständer haften. Dann wandert sein Blick wieder hoch und unsere Blicke treffen sich erneut. Jetzt ist nur noch eine Kopfbewegung notwendig und der Bursche geht auf die Knie, legt seine Hände auf meine Oberschenkel und beginnt damit, meinen noch vom Lauftraining verschwitzten Schwanz durch die Shorts zu küssen und zu kneten.

Bruno massiert und streichelt meine Beine und wie er gleichzeitig meine Beule leckt und immer wieder mit den Lippen die Länge meines Pissers abcheckt, hat seit gestern nichts an Verehrung verloren.

Ich hebe mein Becken an, Bruno greift den Bund meiner Shorts und zieht sie mir direkt unter die Knie und auch schließlich komplett aus, so dass ich in meinen Bewegungen nicht eingeschränkt bin.

Der Bengel küsst meine Eichel, welche prall vorsteht und leckt den Schweiß sanft ab. Es dauert nicht lange und er schiebt sich langsam tiefer auf meinen Schwanz.

Brunos Hände ergreifen meine fetten Eier und massieren diese solange, bis er mit seinem Maul von meinem Fotzenspalter ablässt, um dann zärtlich meine Eier zu küssen, sie zu lecken und vorsichtig daran zu saugen. Wenn ich es nicht besser wüsste, könnte ich es kaum glauben, dass Bruno nur wenig Übung in solchen Dingen hat, aber was ihm an Erfahrung fehlt, macht er mit seiner Begeisterung und seiner Verehrung für mich wett.

Ich lege meine Hände auf Brunos Hinterkopf, tätschle ihn liebevoll, so wie man es bei einem Köter tut, und bin mir sicher, dass er noch keine Ahnung hat, wie nah dran er ist, meine fixe Bitch zu werden.

Mein Pisser ist so hart, dass man damit ein Zelt im Erdboden verankern könnte und ich denke, dass Bruno weiß, dass das ein Zeichen dafür ist, dass er seine Sache sehr gut macht.

Ich greife Brunos Kopf jetzt härter und lege ihn auf meinen Oberschenkel. Schlage ihm mit meinem

Brecher ein paar Mal hart gegen die Wange. Ich grunze, als ich sehe, wie sich Vorsaftfäden zwischen Eichel und Wange ziehen und der Blick, mit dem Bruno meinen Körper mustert und anbetet, jagt mir nochmal zusätzlich pure Elektrizität durch meine Venen.

Ich entscheide mich dazu, Bruno die nächste Lektion auf dem Weg, mein Nutzvieh zu werden, schweigend beizubringen, was aber nicht heißt, dass es eine leichte Übung wird.

Ich ziehe Rotze von ganz tief unten nach oben und schaue Bruno in die Augen. Ich grunze und mein Schwanz zuckt heftig, als der Bengel unterwürfig hochschaut und das Maul weit aufmacht, so wie ich es gestern noch mit einem gekonnten Griff an seinen Kiefer erlebt habe. Ich rotze absichtlich nicht genau auf die Zunge, sondern ziele etwas daneben, was Bruno dazu zwingt, sich meine Spucke mit der Zunge zu holen, was die kleine Ratte auch willig tut.

„Du lernst schnell. Das gefällt mir und macht mich sehr glücklich", lobe ich ihn.

Seine leuchtenden Augen sagen mir unmissverständlich, dass auch er sehr glücklich und zufrieden ist. Ich rutsche ein Stück weiter nach vor, winkle die Beine etwas mehr an und deute auf meine Eier. Bruno versteht sofort und saugt ehrfürchtig an meinen Spermatanks. Ich lege meine Hand auf Brunos Kopf und drücke ihn langsam weiter nach unten und vor allem hinten in Richtung meines Allerheiligsten und ich merke, wie Bruno kurz zögert und sich wehrt, allerdings dauert die Gegenwehr nur einige Sekunden. Vermutlich sich der Kleine noch nie Gedanken darüber gemacht, wie es ist, einen Arsch zu lecken oder selbst diesen Service zu genießen, aber er wird beides nun sehr bald kennenlernen.

Ich greife jetzt Brunos Kopf härter und drücke seine Schnauze zwischen meine prallen Soccerbacken. Ich höre Bruno leise winseln und doch, nach wenigen Sekunden, spüre ich zum ersten Mal wenn auch nur sehr zaghaft, seine Zunge an meiner verschwitzten Knospe.

Bruno

Ich bekomme kaum Luft und auch wenn ich sehr froh darüber bin, dass Admir vorhin so cool reagiert hat, als ich mit meinen Freunden im Schlepptau aufgetaucht bin, so fürchte ich gerade um mein junges Leben. Immerhin ist sein Griff hart und entschlossen. Rund um mich Muskelfleisch, Schweiß und unendliche Hitze. Hinzu kommt, dass Admir meinen Kopf mit seinen Oberschenkeln in der Zange hat und ziemlich unbarmherzig zusammendrückt. Ausweichen ist also nicht. Ich schmecke den Himmel, als ich meine Zunge über den runzeligen Muskel lecken lasse. Überrascht will ich kurz nach Luft schnappen, schaufle Sauerstoff über das Maul in meine Lungen und staune über das, was sich im wahrsten Sinne des Wortes vor mir auftut. Denn auch wenn die Fotze verkrampft und eng ist, so reagiert die Knospe auf meinen Sabber, meine Zungenspitze und wohl auch auf die Wärme und Rauheit meiner Zunge. Die Mischung aus Schweiß und herber Männlichkeit bringt meinen Körper dazu, mindestens die dreifache Menge an Adrenalin zu produzieren. Die Emotionen gehen mit mir durch wie wilde Pferde und ich spüre

mein Herz laut in der Brust pochen, als ich meine Zunge am engen Eingang hindurch ins Paradies drücke. Die Nähe zu dem Profikicker ist unbeschreiblich schön. Dass ich es sein darf, der ihm so nahe ist, gibt mir das Gefühl, etwas Besonderes zu sein.

Plötzlich ein fast gequältes viel zu hohes Raunen aus der Kehle des Stars. Ich schrecke zusammen, stoppe und will mich aus Griff und Zange winden.

„Weitermachen", knurrt Admir und drückt mich wieder sofort auf sein Heiligstes. Wenn ich auch nicht viel weiß und nur wenig an Erfahrung habe, aber ich weiß wohl, dass das die empfindlichste Körperstelle für einen Alpha ist.

Ich grabe meine Zähne so sanft wie möglich ins Arschfleisch rund um die Fotze, stoße die Zunge vorsichtig in Admirs Inneres und merke bereits, dass der anfangs noch sehr unnachgiebige, feste Muskel mit der Zeit weicher wird, das Eindringen erleichtert. Ich forme meine Zunge zu einer schmalen Rolle und fühle sofort, dass es im Darm noch heißer ist.

Admir wälzt sich hin und her und wird immer unruhiger. Ich vermute trotzdem, dass ich vieles richtig mache, denn ansonsten hätte er mir das bestimmt schon mitgeteilt, auf welche Weise auch immer. Jetzt habe ich den Mut und greife zärtlich seine Eier, massiere sie und drücke meinen Daumen auf die Stelle zwischen den Klöten und der Himmelspforte.

Ich lecke und sauge wie ein durstiger Welpe und staune über die bunte Geschmacksvielfalt. Bin fast traurig und enttäuscht, als Admir mich von einer Sekunde auf die andere am Schopf packt und von sich wegzieht. „Hab' Hunger, ab in die Küche mit dir!"

Ich schaue dabei zu, wie er sich über die Stirn wischt und nach seinem Smartphone greift.

Ich huste kurz, bewege meinen Arsch aber sofort folgsam in Richtung Küche.

Um meine Erregung und Verwirrung über das eben Geschehene zu verarbeiten, konzentriere ich mich voll und ganz aufs Kochen. Verwerte das Premiumrindfleisch, das der Fleischer mir empfohlen hat zu einem Beef Tartar, würze es nach einem Rezepttipp, den er mir gegeben hat und schiebe die geräucherten Rippchen, die Hauptspeise, ins Backrohr, die ich vorher schon mariniert habe.

Für das Salatdressing verwende ich Zitrone, Essig und Öl, gebe noch Mais dazu und bete, dass mein Chef zufrieden sein wird, mit dem, was ich auftische.

Irgendwann, es läuft gerade ein Song im Radio, der mir sehr gut gefällt, kommt der Soccerpro aus dem Schlafzimmer geschlurft, stellt sich hinter mich und packt grunzend an meinen Shortsarsch.

„Riecht gut." Er grinst jetzt freundlich und wuschelt mir durchs Haar.

Ängstlich schaue ich ihm in die Augen. „Alles in Ordnung?"

„Klar", entgegnet er kurz und knapp, setzt sich zum Tisch und kratzt sich die Eier. Er trägt nur knallrote Hollister Shorts und ich kann meinen Blick kaum von seinem durch und durch perfekten Oberkörper abwenden. Bei jeder Bewegung spannt er Muskeln an, selbst wenn er nur dasitzt und chillt und mit seinem Handy spielt, zeichnen sich irgendwo Adern ab und zeugen von seiner sportlichen Figur.

Ich serviere die Vorspeise und darf mir auch eine Portion nehmen. Als wir uns am Tisch gegenübersitzen,

spüre ich plötzlich seine Füße auf meinem Schoß, wobei er den rechten Sneaker provokant direkt auf mein Gemächt presst.

„Normalerweise fressen Sklaven am Boden aus einem Napf, aber weil du so hübsch bist und ich dich anschauen will, darfst du zu mir an den Tisch."

Ich schlucke. Lasse die Worte wirken, die mir unmissverständlich klar machen, wo mein Platz ist.

„Danke, Sir", erwidere ich kleinlaut.

„Ist dein Kumpel vertrauenswürdig?", fragt Admir und nebenbei schnippt er sich die Sneakers von den Füßen. Die Stutzen, die er trägt, riechen streng und ich verstehe schnell, was er möchte. Mit der linken Hand massiere ich abwechselnd den linken, dann den rechten Fuß.

„Ja, natürlich, wir kennen uns schon seit Ewigkeiten." In meinem Kopf arbeitet es.

„Hm. Vielleicht darfst ihn ja mal mitbringen und wir machen was gemeinsam. FIFA zocken oder schwimmen gehen. Macht er Sport?"

Wieder nicke ich. „Aber nur Fußball."

Da sich die Teller langsam leeren, hebe ich die Füße sorgfältig von mir runter auf den Boden und hole den Hauptgang.

Admir langt ordentlich zu, verzichtet auf das Besteck und isst direkt mit den Händen. „Er ist süß."

„Ich weiß", grinse ich.

Als der Profikicker das letzte Rippchen abgenagt hat, hält er seine fettigen Finger in die Höhe.

Ich eile zum Tresen, um ein feuchtes Tuch zu holen, damit er sich die Hände abwischen kann.

„Nein!", ertönt es laut.

Ich halte inne. Schaue zu Admir, der jetzt nur eine einzige Handbewegung macht. „Bei Fuß!"

Ohne lange nachzudenken, gehe ich zu ihm und knie mich hin. Er fährt mit der rechten Hand über mein Maul, verschmiert die Mixtur aus Fett und Gewürzen auf meinen Lippen und steckt Mittel- und Zeigefinger tief in mein Maul.

Es geht alles so schnell, dass ich zuerst mal schockiert würge. Admir bohrt mit beiden Fingern gleichzeitig hinter meinem Gaumen in der Kehle herum und ich fange rasch damit an, ihn sauberzulecken. Finger für Finger arbeite ich mich mit Zunge und Lippen durch beide Hände und schaue unsicher hoch. Als ich fertig bin, greift Admir meinen Unterkiefer, drückt ihn auf und rotzt mir direkt ins Maul. Woraufhin ich gierig und dankbar schlucke.

„Eigentlich wollte ich dich ja heute noch schonen, aber du geile Ratte bettelst ja förmlich nach einem ersten Anstich. Lass das Geschirr stehen! Schlafzimmer!"

Ich starre ihn an wie ein Weltwunder und mein Puls schnellt sofort in die Höhe. Aufgeregt und mit weichen Knien stolpere ich ins Schlafzimmer und warte dort brav.

Admir folgt mir nach ein paar Minuten, kommt auf mich zu, fetzt mir die Shorts runter, haut mir so fest auf den Arsch, dass man die Abdrücke seiner Hand sehen kann und knetet beide Backen, als würde ein Metzger ein Stück Fleisch einbeizen. Er zieht die Backen brutal auseinander, drückt seinen Daumen auf

meine kleine Fotze, spuckt drauf und begutachtet Beschaffenheit und Qualität.

Wie aus dem Nichts zaubert Admir ein Halsband hervor, das er mir sehr geschickt anlegt, so schnell, dass ich erst spät merke, wie sich das Leder und der Stahl um meinen Hals schließen.

Dann macht es *Klick* und Admir hakt den Karabiner der Leine ein. Mit einem Ruck zieht er meinen Kopf hoch, so hart, dass sich das Leder ins Fleisch schneidet. Er lenkt mich so, dass ich mich umdrehen muss und dann deutet er nur auf seine Füße.

Ich senke den Kopf und sauge mich an der Stelle fest, wo der große Zeh ist, schmecke den derben Soccersmell, sabbere den Stoff voll und knabbere vorsichtig daran. Gleichzeitig strecke ich meinen Arsch in die Höhe und spüre sofort wieder Schläge, Kneten und wie Admir mein Loch massiert.

Der Profikicker schiebt mir seinen Fuß so weit es geht ins Maul und ich brülle vor Schreck erstickte Laute in den verschwitzten Soccerstutzen. Ich habe Angst, dass Admir mein Maul sprengt vor lauter Übermut und Geilheit, denn er gibt keinen Millimeter nach, nicht mal, nachdem mir die Tränen in die Augen steigen. Seinen anderen Fuß stellt er in meinen Nacken und grunzt laut.

Mehr unabsichtlich als gewollt wackle ich mit meinem Arsch, immerhin ist jetzt mein natürlicher Instinkt geweckt, nämlich dass ich mich wehren möchte.

Kurze Zeit später lässt er von mir ab, hockt sich hin, greift einen ausgetretenen Sneaker, der unter dem Bett liegt, drückt ihn mir mit der Innenseite voran auf meine Schnauze und schnürt mir mithilfe des Lederhalsbandes die Luft zum Atmen ab. Er lässt mir gerade noch genug Zeit, damit ich einmal tief inhalieren kann. Dann schaut er genüsslich dabei zu, wie meine Augen immer größer werden, meine Wangen bereits dunkelrot sind, ich heftiger schwitze und mein Blick von treudoof auf flehend wechselt. Er dreht den Schuh um, gibt mir die Möglichkeit, Luft zu holen. Wartet. Und ich reagiere. Lecke über die ganze Länge der Schuhsohle. Hab' Straßenstaub und Dreck auf der Zunge, während er sich die Beule knetet.

Admir lässt die Leine los und mit seiner jetzt freien Hand zieht er auf und verpasst mir eine Ohrfeige, dass es sofort in beiden Ohren rauscht und singt.

„Bedank dich gefälligst, wenn du eine Belohnung bekommst!" In seinen Augen ein Feuer, eine Macht, die mich ängstigen.

Dann verziehen sich seine Lippen zu einem teuflischen Grinsen.

Erst jetzt schmecke ich das Blei. Die Maulschelle hat so gesessen, dass ich mir auf Zungenspitze und Unterlippe gebissen habe. Schockiert schaue ich hoch mit meiner blutigen Lippe. Und habe vermutlich den mitleiderregendsten Opferblick aller Zeiten aufgesetzt.

Admir atmet schwer, packt mich am Schopf und dann tut er etwas, womit ich nicht gerechnet habe.

Er leckt mir das Blut vom Maul und saugt sich an meiner Unterlippe fest. Die Geste erinnert ein bisschen an einen unbeholfenen Kuss. Es schüttelt mich vor Kälte und Hitze gleichzeitig.

Ich spüre die Geilheit wie Strom am ganzen Körper und lasse zu, dass meine Sinne und Emotionen den Ausnahmezustand ausrufen.

„Danke", stammle ich.

„Service", entgegnet der smarte Bursche mit der unbändigen Kraft, spuckt mir mitten in die Fresse und steht auf. Holt seinen Pisser raus und schlägt ihn mir links und rechts aufs Maul.

Ich stülpe meine Lippen über die fette Eichel, kitzle mit meiner Zungenspitze den Pissschlitz, puste warmen Atem gegen und sauge mich fest.

Admir ist ungeduldig und wartet nicht, bis ich den Großteil seines Schwanzes in meinem Rachen aufnehmen kann und dehnt mit seiner pochenden Eichel meine Kehle auf.

Ich würge, pruste, zucke. Produziere Angstschweiß und Maulschleim ohne Ende. Entspanne die Zunge, die jetzt unter dem Brecher liegt. Und lasse mir den Hals aufstoßen.

Knurren und Grunzen wechseln sich ab, als Admir fast die ganze Länge versenkt. Er zieht ein Stück raus, schaut auf mich runter, lächelt und jagt mir den Kolben wieder in den Hals. Er hält mich am Hinterkopf fest, wühlt brutal, als er eingelocht hat und gewährt mir nach jeder zweiten Attacke eine kleine Atempause.

Durch den Tränenschleier sehe ich den im diffusen Licht derb glänzenden Cockring aus Edelstahl und in regelmäßigen Abständen drücke ich meine vom Rotz ganz nasse Nase gegen den flachen Bauch des Stars. Die vollen Eier klatschen laut gegen mein Kinn und unter mir sammelt sich ein See aus Tränen, Vorsaft und Sabber.

Ich bin so damit beschäftigt, nicht wegzubrechen, meinen Körper mit Sauerstoff zu versorgen und die Stöße zu parieren, dass ich nicht mitbekomme, wie Admir sich einen Stutzen vom Fuß schält, anschließend seinen Schwanz aus meinem Maul zieht und mir das verschwitzte Stück Stoff in den Rachen stopft.

Er zieht mich an der Leine hoch aufs Bett, wirft mich so hin, dass ich auf dem Bauch lande, kickt meine Oberschenkel auseinander und geht wie bei einem Liegestütz über mich.

Hilfesuchend schaue ich mich um, in der Hoffnung, irgendwo eine Tube mit Gleitgel oder Ähnliches zu sehen. Um Hilfe schreien ist nicht, flüchten sowieso nicht, ich kann nur hoffen, dass ich das Aufbocken gut überstehe.

Ich balle meine Hände zu Fäusten, heule stumm ins Kissen und spüre deutlich die Gänsehaut auf meinem ganzen Body. Dann, und das lässt mich kurz hochfahren, wie Admir seinen stahlharten Pisser zwischen meine Arschbacken legt und die Eichel gegen meine Fotze drückt.

„Grundsätzlich liebe ich es, ungefickte Boyfotzen zu lecken vor dem ersten Anstich. Bei dir mache ich aber eine Ausnahme. Du bekommst meinen Brecher trocken. Einfach, weil ich den Ausdruck von irrem Schmerz in deiner Fresse genießen will."

Mit diesen Worten dreht er meinen Kopf so, dass wir uns in die Augen sehen können. „Bleib so", lautet der klare Befehl. Daraufhin spannt er seine Armmuskeln an, die er seitlich von meinen Schultern im Bett abstützt. Atmet noch einmal tief durch. Und setzt an.

Ich halte ganz still, atme nicht und blinzle zwei Tränen weg. Sehe den unbeugsamen Stolz in seinen Augen. Und dann der Blitz aus Schmerz, Druck und einer Kraft, die nur ein Ziel kennt, nämlich alles brechen, was es zu brechen gibt.

Ich krampfe, zucke, will mich aufbäumen, mein Oberkörper wird aber sofort wieder runtergedrückt, spüre mein Herz rasen, das Blut in meinen Ohren rauschen, beiße voller Verzweiflung in den Soccerstutzen und bringe vor Schock nicht einmal einen Schrei zustande.

Der Schmerz ist dumpf und fies, er treibt sich mit der gleichen Präzision und im selben Tempo in mein Innerstes wie Admir seinen Fotzenspalter.

Admir

Die Schonzeit ist beendet! Mir war von Anfang an klar, dass der Punkt kommen würde, an dem ich Brunos naivem Wesen nicht wieder widerstehen kann und ich dem Kleinen zeige, warum ich zu dem Alpha geworden bin, der ich heute nun mal bin.

In dieser harten und schnelllebigen Welt hat meinen keinen Erfolg, wenn man nett ist, Rücksicht nimmt oder zurücksteckt. Heutzutage muss man seine Stellung und auch seinen Wert jeden Tag aufs Neue unter Beweis stellen. Und wann man so weit oben ist wie ich, dann hat man schon einige überrannt und ausgetrickst.

Bruno ist natürlich ein dankbares Opfer und zu keinem Zeitpunkt war es eine echte Herausforderung, den unschuldigen Boy zu brechen. Viel mehr war es schwer für mich, mich so lange zu beherrschen und etwas mehr über ihn herauszufinden. Aber das Treffen mit seinem Sandkastenkumpel Luis und die Vorstellung, wie die beiden es miteinander treiben, ist jetzt einfach zu viel für mein Kopfkino.

Die Gegenwehr, die ich bekomme, ist gering, auch wenn die Panik in Bruno so heftig ist, dass ein geübter Top wie ich sie förmlich riechen kann, und dieser Geruch sorgt dafür, dass mein Schwanz hart wie Kruppstahl ist und es auch für die nächste Stunde bleiben wird.

Der Anblick des süßen Slumboys ist göttlich. Wie sich das Halsband eng um seinen Hals zieht, sein Gesicht verschwitzt und rot wie bei einem Leistungssportler und dazu die verheulten Augen, malen ein Bild, welches weder Michelangelo noch Tom of Finland toppen können.

Auf Brunos Körper bilden sich rote Stressflecken, ein deutliches Zeichen für zwei Fakten. Der erste Fakt ist, dass Bruno gerade eine Grenzerfahrung macht, und der andere ist, dass ich meinen Job als Top verdammt gut mache.

Ich sehe in Bruno Leistungsvermögen, und ich weiß, dass da noch Luft nach oben ist, jede Menge sogar, und wie ich es bei allen Boys bisher gemacht habe, werde ich Bruno ein paar Test unterziehen, um zu prüfen, ob er wirklich das Zeug hat, eine Zeit lang bei mir zu bleiben. Dann, wenn ich ihn fallen lasse, wird er genug verdient haben, dass er für den Rest seines Lebens ausgesorgt hat. Ich habe mir für Bruno drei Tests überlegt, und sollte er mir wirklich beweisen, dass er würdig ist, bei mir zu bleiben, so werde ich ihn behalten und aus seiner Fotze einen Gebrauchsgegenstand machen.

Dass Bruno sich bei Prüfung eins bisher ziemlich gut schlägt, ist ihm sicher nicht bewusst, aber als ich

ihm meinen Hammer trocken und ohne Rücksicht in seine enge Boyfotze jage, pariert er perfekt, besser als die meisten Boys bisher. Klar hat er Schmerzen und leidet wie ein angeschossenes Reh, aber ich habe nie den Eindruck, dass er daran zweifelt, dass das, was ich mit ihm tue, seinem Platz in der Nahrungskette entspricht.

Ich bleibe über Bruno, lasse meinen Schwanz auf Anschlag in meiner neuen Sau und genieße das Zucken der kleinen, engen Arschfotze. Ich drehe Brunos Kopf so, dass er mich anschauen muss, und auch wenn ich es nie aussprechen würde, ich bin sehr stolz auf den Bengel. Im Gegensatz zu den meisten Jungs hat er die Augen weit offen und schaut mir in die Augen und in seinem Blick ist eine Mischung aus Ergebenheit und Stolz. Stolz kann zweierlei Gesichter haben. Zum einen kann er stolz sein, weil ich mich überhaupt mit ihm abgebe und seinem kleinen Arsch die Ehre zukommen lasse, ihn einzureiten, zum anderen kann der Stolz daher rühren, dass er wirklich hart im Nehmen ist, gut mit Schmerzen umgehen kann und verdammt tapfer ist. Ich denke die Wahrheit liegt irgendwo in der Mitte, was für mich auch völlig in Ordnung ist.

Die meisten Boys schämen sich, haben die Augen geschlossen, drehen wegen dem heftigen Anstichschmerz durch oder schauen an die Decke, etwas, das mich auf die Palme bringt und meist dafür sorgt, dass ich das Interesse verliere, sie einmal hart zu Ende ficke und dann mit ein paar Geldscheinen in der Tasche vor die Tür setze. Wenn es das ist, was ich will, dann habe ich genug Kontakte zu Agenturen, die mir Boys schicken, die eine solche Action gegen Gebühr über sich ergehen lassen. Doch es ist eben doch etwas anderes, wonach ich Ausschau halte.

Bruno atmet schwer, leidet, aber wir wissen beide, dass er nicht die Eier hat, um mir zu sagen, dass ich aufhören soll. Ich hebe langsam mein Becken und beginne Bruno tief und zielstrebig zu ficken, so dass er sich daran gewöhnen kann. Ich bin mit Sicherheit kein Freund von sanften Ficks, aber ich bin intelligent genug, um zu wissen, dass ein trockener Anstich in eine ungeöffnete Fotze hart ist und ich will nicht riskieren, dass das Abenteuer mit Bruno hier endet, weil er ins Krankenhaus muss, nein, ich will sehen, was der Boy noch so alles draufhat.

Brunos Fotze wird bereits nach wenigen Minuten butterweich und trotzdem bleibt das heiße Innere schön eng und das Keuchen, die Atemnot und das leise Winseln von meinem Opfer sollte man unbedingt aufnehmen und in eine Audiodatei verwandeln, vielleicht sogar old-school-mäßig auf eine CD brennen, damit auch die nächsten Generationen noch wissen, wie sich eine Referenz anhört.

Ich werde ganz automatisch mit jedem Augenblick härter, noch präziser mit meinen Stößen und stoppe zwischendurch immer wieder, lege mich auf Brunos verschwitzten Körper und mache kleine Pausen, nicht weil ich Bruno die Breaks gönne, sondern vielmehr, weil ich ihn nicht zu schnell markieren will. Die ständig krampfende, höllisch enge Fotze sorgt definitiv dafür, dass ich mich bereits auf dem Weg zum Finale befinde.

Ich lecke Bruno den Schweiß aus dem Nacken und grunze laut. Ich spüre wie Bruno unter mir zittert, etwas, das mich unglaublich kickt und so ramme ich meine Zähne in Brunos Hals und spüre wie mein

Opfer zuckt, die Fotze noch enger macht und vor Schock geil quiekt.

Ich schiebe meine Hand unter Brunos Bauch, taste nach seinem Schwanz und bekomme einen nicht ganz steifen Schwanz zu greifen, aber weich ist er definitiv auch nicht. Ich lange nach den Eiern, keuche, als ich spüre, wie fett und voll die Teile sind und mir wird wieder klar, was für einmalige Hengstqualitäten Bruno haben könnte, wenn er nicht schon in ein Opferleben hineingeboren worden wäre.

Ich schließe meine Hand um die Klöten und habe dabei ziemlich Mühe, und das, obwohl ich alles andere als kleine Hände habe.

„Wann hast du das letzte Mal abgerotzt?", frage ich direkt und Bruno überlegt kurz.

„Hab' im Moment durch die doppelte Jobbelastung so viel Stress, ist über eine Woche her", entgegnet der süße Sklavenanwärter keuchend.

Ich knete die Eier und bleibe tief in der kleinen Sau und augenblicklich nimmt sein Schwanz nochmal ordentlich an Umfang und Härte zu.

Dass ich mit meinem Brecher tief in ihm stecke und ihm derbe Schmerzen bereite, ist anscheinend vorübergehend vergessen und Brunos beachtlicher Pimmel pumpt sich zur vollen Größe auf. Ich grunze, denn ich habe selten Schwänze gesehen, die meinen an Dicke übertreffen, und wenn, dann waren es meist Kollegen aus Afrika oder den arabischen Ländern.

Ich packe seinen Kolben hart und spüre ihn in meiner Faust pulsieren. Aus dem eben noch gequälten Wimmern wird ein Grunzen. Ich drehe Bruno ein wenig auf die Seite, so dass ich ihn im gleichen Rhythmus wichsen und gleichzeitig ficken kann.

Bruno ist komplett überfordert, weiß nicht, ob er winseln oder vor Geilheit keuchen soll und so tut er beides abwechselnd. Sein Monsterschwanz pocht im selben Takt, in dem seine Boyfotze zuckt und so erhöhe ich das Tempo, denn ich will jetzt kommen, will abrotzen, um jeden Preis und ich will sehen, wozu der Schwanz des jungen Slumboys fähig ist.

Ich verliere jede Beherrschung, spüre wie sich meine Eier zusammenziehen und greife mit meiner freien Hand das Halsband, ziehe Brunos Kopf zu mir und versenke meine Zunge im Maul des geschockten Boys. Dann spüre ich wie Brunos Körper noch derber krampft, etwas Warmes läuft mir über meine Hand und Brunos Fotzenmuskel zieht sich so eng um meinen Schwanz zusammen, dass ich nicht anders kann als abzurotzen und mein Abgang ist so heftig, dass mir kurz schwarz vor Augen wird. Ich versuche mit letzter Kraft meinen Brecher aus Brunos Fotze zu ziehen, aber der Boy pumpt immer noch und seine Fotze hat sich so krass wie ein Schraubstock um meinen Pisser geschlossen, dass ich nur noch leise und ziemlich erbärmlich winseln kann.

Bruno

Ich verbrenne bei lebendigem Leib. Zumindest fühlt es sich so an, als ob sich von meinem Unterleib aus

pures Höllenfeuer ausbreiten würde. Was mich aber fast lähmt, ist nicht nur der Schmerz, sondern die Tatsache, dass größtes Glück und die grauenvollste körperliche Pein so nah beieinander liegen, dass ich sie nicht mehr unterscheiden kann. Das muss auch der Grund dafür sein, dass ich so komme, wie ich noch nie in meinem ganzen Leben gekommen bin. Ich habe das Gefühl, dass mein jetzt vollkommen steifer Schwanz gar nicht mehr aufhört, Sperma zu pumpen. Ich falle in ein Meer aus Dunkelheit und Nichts. Und lasse es einfach zu. Gegenwehr ist sinnlos.

Ich wette, dass die Haut in meinem Nacken durch die Bissattacke aufgerissen ist. Ich bin noch immer ein bisschen schockiert über die Rohheit, die der Star an den Tag legt.

Admir hat mir heute mehr als deutlich klar gemacht, wo mein Platz ist und dass er mich nur zu dem einen Zweck einsetzt, nämlich, damit er Befriedigung findet. Was ich so akzeptieren muss, auch wenn es mir nicht ganz so leichtfällt.

Ich staune, mit welcher Leichtigkeit Admir meinen Körper händelt, aber vermutlich ist das alles Routine für ihn.

Nur langsam beginne ich ruhiger zu atmen. Kissen, Decke und Matratze sind nassgeschwitzt. Ich schrecke hoch und bäume mich auf, als der Profikicker plötzlich seinen Schwanz aus meinem Innersten zieht. Brutal und ohne Vorwarnung. Erneutes Aufflackern von Stechen, Brennen und ungeheurem Druck, allerdings ist das Schlimmste schnell vorbei. Zurück bleibt mein jetzt leerer Körper mit meiner schmerzenden, bestimmt weit offenstehenden Fotze. Ich vergrabe mein Gesicht im Kissen und heule.

Admir bewegt sich geschmeidig und cool wie ein Raubtier, als er auf einmal vor mir kniet und mir seinen nassen, immer noch tropfenden Pisser vor die Schnauze hält.

Ich begreife, was der Alpha jetzt gerne hätte und sammle meine letzten Energiereserven zusammen. Strecke meine Zunge weit raus und stülpe die Lippen über die fette Eichel. Sauge und lecke brav sauber. Admir knurrt und grunzt abwechselnd. Zieht an seinen Klöten, während ich meine Zunge tanzen lasse.

„Not bad", kommentiert er das Geschehen.

Ich wische mir den Schweiß von der Stirn, als er in Richtung Bad geht und mich einfach so liegen lässt wie ein Spielzeug, an dem er das Interesse verloren hat.

„Die Küche ist noch sauberzumachen!", tönt es aus dem Bad und als nächstes höre ich schon das Rauschen des Wassers.

Ich kann mich kaum bewegen, schleppe mich aber mühevoll aus dem Bett, suche meine Shorts und räume den Geschirrspüler fertig ein. Meine Knie und auch alle anderen Gliedmaßen zittern noch immer.

Ich verarbeite das für mich doch sehr besondere Ereignis von gerade eben nur Schritt für Schritt. Frage mich unwillkürlich, wie viele Jungs dieser Top schon ins Krankenhaus gefickt hat und woher er nur seine unbändige Kraft nimmt. Ich kenne Pornos, ich bin nicht von Gestern, aber so etwas Hartes habe ich noch nie bei einem Fick gesehen, weder zwischen Männern und Frauen noch unter Kerlen.

Als Admir aus dem Bad kommt, bleibt mein Herz fast stehen. Ich weiß, dass es dumm ist, mir einzureden, dass ich nichts für ihn empfinde. Meine Kinnlade klappt runter, als ich den Küchentisch abwische und

er, nackt, wie Gott ihn geschaffen hat, zum Kühlschrank geht und sich eine Coke rausnimmt. Jetzt sehe ich das trainierte Heck dieses Hengstes und ich kann nicht anders als seinen Arsch zu mustern.

„Wer hat dir erlaubt, dich wieder anzuziehen?" Admir kickt die Kühlschranktür zu.

Mir schießt sofort das Blut in den Kopf und ich beginne zu stottern. „Niemand, Sir."

„Na dann!" Admir zieht beide Augenbrauen hoch und deutet auf meine Shorts. Dann geht er seelenruhig und mit einem kalten Lächeln rüber ins Wohnzimmer.

Ich habe einen Kloß im Hals, als ich mit dem Saubermachen fertig bin, die Wäsche erledigt habe und Meldung geben möchte, dass ich auf weitere Anweisungen warte. Beim Waschen der Trikots habe ich mir etwas Zeit gelassen, um zwischendurch immer wieder an den Shorts, Shirts und Stutzen zu schnüffeln. Es ist der Himmel auf Erden, die verschwitzten Sportsachen von Admir vor meiner Schnauze zu haben. Mittlerweile bin ich wieder aus meiner Shorts gestiegen und mein Schwanz baumelt schlaff zwischen den Oberschenkeln hin und her.

„Sir, ich. Also. Haben Sie noch was zu tun für mich?" Die letzten Worte sind so leise, dass ich sie selbst kaum verstehe.

„Nein." Admir konzentriert sich auf das Fußballspiel, das auf einem Sportsender läuft und das auf dem riesigen Flachbildschirm in den sattesten und buntesten Farben erstrahlt. Wie gerne hätte ich gefragt, ob ich ein bisschen zuschauen darf.

„Darf ich heute Nacht hierbleiben?" Ich schlucke trocken.

„Ja. Morgen hast du allerdings frei. Ich bekomme Besuch und kann dich nicht brauchen. Samstag ist ein Freundschaftsspiel und ich denke, ich werde für danach etwas zum Ficken brauchen."

In meinem Kopf arbeitet es. Huren bestellt man auch auf diese Weise. „Sie werden bestimmt gewinnen, Sir."

Kehliges Lachen. „Werden wir sehen. Denkst du, dein Kumpel Luis würde sich über eine Freikarte freuen? Wenn er Bock hat und du ihn mitnehmen magst, schaut euch doch das Spiel gemeinsam an!"

Ich kann nicht fassen, wie großzügig dieser junge Profikicker mir gegenüber ist!

„Er würde sterben für ein Ticket!" Ich nicke heftig.

„Oh!" Wieder dieses geheimnisvolle Lächeln. Admir steht auf, sucht in seiner Sporttasche nach etwas, fischt dann zwei Tickets raus, legt sie auf den Couchtisch und zwinkert mir zu. „Dann seid ihr herzlich eingeladen!"

„Danke, vielen Dank! Er wird sich riesig freuen! Ich freue mich natürlich auch, Sir!"

„Ab unter die Dusche mit dir! Du stinkst! Und dann ins Bett, du musst früh raus, sofern du deinen anderen Job noch nicht gekündigt hast!"

Ich beeile mich, so schnell wie möglich ins Bad zu gehen und genieße es, das edle Duschgel zu verwenden. Ein Luxus, den ich zuhause natürlich nicht habe.

Abgetrocknet und nackt schlurfe ich dann, den Befehl meines Chefs befolgend, ins Schlafzimmer. Es ist deutlich kühler als in den anderen Räumen und ich fühle mich ein wenig verloren, als ich so dastehe und

auf Admir warte. Ich traue mich nicht, mich ins Bett zu kuscheln.

Es dauert nicht lange, bis der Soccerpro das Schlafzimmer betritt. Ich bleibe stehen wie versteinert, warte und höre mein Herz laut klopfen. Admir drückt sich von hinten an mich. Ich spüre sein bedrohliches Gemächt, das bereits aufsteift und seinen perfekt gezeichneten Körper. Meine Nackenhärchen stellen sich auf und ich habe innerhalb von Sekunden wieder Gänsehaut.

„Ich würde gerne wissen, wer wen gefickt hat damals." Admir beißt mir ins rechte Ohr und flüstert die Worte sanft.

Ich wimmere und zucke, als würde ich Stromstöße bekommen. Ich weiß natürlich sofort, welchen Fick er meint. „Luis mich."

Ich höre förmlich, wie sich Admirs Mundwinkel zu einem Grinsen verziehen. Aber er sagt kein Wort. Er schubst mich aufs Bett und wuchtet sich auf mich.

Ich rechne mit allem möglichen, mit einer weiteren Attacke, mit dem Befehl, dass ich mich um seinen Pisser kümmern soll, nicht aber damit, dass er es sich auf mir einfach gemütlich macht und mir nochmal ins Ohr beißt. Ich spüre noch immer die Zähne vom Biss in meinen Nacken von der Action vorhin.

„Nacht, Kleiner!"

Ich will mich kurz umdrehen, um sicherzugehen, dass ich mich nicht verhört habe.

Aber Admir gähnt nur, bleibt schwer auf mir und hat mich längst unter sich begraben.

Ich schlafe maximal zwei Stunden, denn ab zwei Uhr nachts wage ich es nicht mehr, wegzuschlafen, um die Zeit nicht zu übersehen. Um vier rolle ich mich so vorsichtig wie möglich unter Admir weg, sodass er sanft auf die Seite gleitet. Ich decke ihn zu, höre ihn grummeln und bin so leise wie möglich.

Die Müdigkeit ist heute noch schlimmer als gestern, aber ich finde in Admirs Kühlschrank eine Dose Eiskaffee. Ich hoffe, dass der Profikicker es mir nicht übelnimmt, dass ich mir das koffeinhaltige Getränk einfach nehme, aber ich brauche jetzt etwas, das mich ein wenig munter macht.

Während der Arbeit stelle ich mir immer wieder dieselbe Frage, nämlich, wer der Besuch ist, den Admir heute bekommt. Ob es ein hübsches Mädchen ist oder Kollegen oder Kumpels. Oder irgendein Bursche, den er geil findet. Und der für Kurzweil und Abwechslung sorgen soll. Ich komme nicht umhin, ein wenig eifersüchtig zu sein, worauf genau, das kann ich gar nicht genau sagen. Aber es reicht, um meine Gefühle Achterbahn fahren zu lassen und die Zeit rumzubekommen.

Ich fühle mich wie ein Zombie, einer dieser Untoten aus den alten George-Romero-Filmen, die mit irrem Blick und zuckenden Gliedmaßen durch die Straßen stolpern, auf der Suche nach Menschenfleisch. Nur dass ich kein Menschenfleisch will, sondern einfach nur die Aufmerksamkeit eines großen Stars. Fuck, wie naiv und abgefuckt kann man bitte sein, um zu glauben, dass ein Kerl von seinem Kaliber etwas von mir möchte, abgesehen von Bezahldienstleistungen?

Ich bin beinahe an dem Punkt, an dem man keinen vernünftigen Gedanken mehr fassen kann, als ich nachhause komme und mich gerne hinlegen würde. Immerhin habe ich heute frei.

Doch dann sehe ich schon den besorgten Blick meiner Schwester und einen heulenden Santiago. Er

schluchzt und wischt sich die blutende Nase. Damn, was zur Hölle?

Maria wartet erst gar nicht auf meine Frage. „Er ist verprügelt worden."

Ich schnappe mir meinen kleinen Bruder, umarme ihn sanft und drücke ihn an mich. „Verdammt, wer war das?" Ich begutachte sein blaues Auge, die paar Schrammen und hoffe, dass das schon die schlimmsten Verletzungen sind.

Santiago versucht, seine Tränen zurückzuhalten und schluchzt dann aber herzzerreißend. „Na wir sind nach der Schule im Park aneinandergeraten. Er hat unseren Vater einen faulen Loser genannt. Was ich so nicht auf uns sitzen lassen konnte."

Ich atme tief durch, seufze. „Kleiner, das war nicht die Frage. Außerdem weißt du, wann es besser ist, die Klappe zu halten. Ich hab' dir doch schon tausend Mal gesagt, dass du aufpassen sollst, wenn sie größer und stärker sind als du."

„Der Sohn vom Metzger", jammert Santiago.

Ich schüttle den Kopf. „Der ist zwei Klassen über dir."

Ein verheultes „Ich weiß!"

In diesem Moment schneit Luis zur Tür herein. „Was ist denn hier los?" Er wuschelt meinem kleinen Bruder durchs zerzauste, verschwitzte Haar. „Ich hoffe, der andere sieht übler aus als du!"

Santiago verzieht sein Gesicht in alle Richtungen. „Nicht wirklich. Aber ich habe unsere Familie verteidigt."

Luis schnauft. „Niemand verprügelt den Bruder meines besten Freundes. Ich denke, Bruno und ich werden das klären. Nicht wahr?" Er boxt mir freundschaftlich in die Schulter.

„Äh, ja, natürlich. Maria, kümmere dich um Santiago. Wir sind in einer Stunde wieder da."

Ich weiß, dass Luis nicht locker lassen wird, denn wenn er Ungerechtigkeit oder eine Prügelei riecht, scheint irgendein Instinkt in ihm geweckt zu sein.

„Darf ich mit, darf ich mit?", bettelt Santiago übermütig.

„Sieh zu, dass du heute keinen Blödsinn mehr baust. Natürlich nicht! Und jetzt Ruhe!", knurre ich und versuche, meiner Rolle als einkommensstärkstes Familienoberhaupt Genüge zu tun.

Luis und ich schlendern Seite an Seite die Straße entlang. Der Metzger wohnt mit seiner Familie ein paar Blocks weiter. Ich kenne den Sohn natürlich, alleine deshalb, weil er noch einen älteren Bruder hat, der mir vor ein paar Jahren das Leben im Schulalltag schwer gemacht hat. Es gibt auch noch eine kleinere Schwester, also es sind insgesamt drei Geschwister. Der mittlere, Diego, ist ein kräftig gebauter Junge mit einer eingedrückten Boxernase, Schweinchenohren und einem frechen Mundwerk.

Allerdings bin ich froh, dass Luis dabei ist und ich nicht alleine bin, wenn es darum geht, dem Spast eine Lektion zu erteilen. Zumal ich mir denken kann, dass sein bulliger großer Bruder, dessen Name ich ehrlich vergessen habe, auch da sein wird und Diego bestimmt verteidigen wird.

Es ist erneut der Beweis dafür, dass Luis, mein Bester, mit mir durch Dick und Dünn geht. Allerdings dauert es keine Minute, bis er kurz stehen bleibt, mich kneift und mich wie von Sinnen anstarrt.

„Fuck, du arbeitest für Papic! Wie geil ist denn das bitte? Ich meine, das ist kein Möchtegernstar oder irgendein C-Promi, das ist ein aufstrebender Profi, der seine Gegner aktuell in Grund und Boden schießt! Also zumindest in den letzten beiden Saisonen und natürlich bei der WM! Das ist so krass, warum hast du mir das nicht schon früher gesagt?"

Ich lasse den Redeschwall über mich ergehen und warte, bis mein Kumpel Luft holt. „Na, wenn wir den Fight jetzt überleben, habe ich noch eine ganz andere Überraschung für dich. Aber ich will noch nicht zu viel verraten." Ich grinse stolz.

„Arsch! Raus mit der Sprache! Das ist nicht fair, dass du mich anfixt und dann dumm sterben lässt!" Luis ist vor lauter Aufregung ganz außer Atem.

„Wenn du artig bist, darfst du vielleicht am Samstag mit zum Freundschaftsspiel. Hab' Karten!"

Schweigen. Tiefes Luftholen. Dann ein helles Lachen. „Damn! Ist das dein Ernst? Das ist zu derb! Du hast echt Karten für das Spiel am Wochenende? Das einzige Mal, wo ich in diesem Stadion war, das war, als der Direktor der Grundschule uns einen Ausflug dorthin spendiert hat. Aber Spiel habe ich dort noch nie eines gesehen!"

„Na denkst du etwa, ich?" Ich zucke lässig mit den Schultern.

„Erzähl, was musst du für ihn tun?"

Ich versuche ruhig zu bleiben, normal zu klingen. „Na ja, ein bisschen Hausarbeit. Nichts Besonderes. Er hat einfach keine Zeit für solche Sachen und hat jemanden gesucht, der diskret und vertrauenswürdig ist."

„Nimmt man für sowas nicht eine Putzfrau?" Luis zieht beide Augenbrauen hoch und ich bin froh, dass wir gerade in die Gasse einbiegen, in der der Metzger und somit auch Diego wohnen.

Es ist das zweite Haus auf der rechten Seite, es ist um einiges größer als die baufällige Hütte, die meine Familie und ich unser Heim nennen, aber einen neuen Anstrich würde es definitiv vertragen. Der Putz bröckelt von der Fassade, alte Holzpaletten liegen zersplittert im Vorgarten und wir sehen von der Ferne schon Diego, der mit einem Basketball herumspielt, in dem längst fast keine Luft mehr ist.

„Hey, Schwanzlutscher!" Luis begrüßt den leicht übergewichtigen Burschen, der überrascht hochschaut und sofort nach seinem Bruder ruft.

Ich schnaufe, denn das war klar.

Ein paar Augenblicke später biegt der bullige große Bruder, der etwa ein Jahr älter ist als Luis und ich um die Ecke und ballt die Fäuste.

„Ich dachte, wir hätten das schon vor längerer Zeit geklärt, wo ihr Muschis hingehört! Aber ich kann es euch gern noch einmal erklären!" Er entblößt seine Zähne, die mehr Zahnbelag haben als die Straßen von Buenos Aires Asphalt.

Luis lacht. „Guck mal, Bruno, gleich zwei Schweinchen. Bekommt man eine Prämie, wenn man euch zum Markt bringt?"

„Schnauze!", herrscht der bullige Bursche im Muskelshirt uns an und sein kleiner Bruder Diego baut sich

neben ihm auf.

Mein Kumpel krempelt sich die kurzen Ärmel seines T-Shirts so hoch, dass man jetzt deutlich seinen angespannten Bizeps sehen kann. Ich schlucke und spüre die Wärme, die bei diesem Anblick sofort durch meinen Körper strömt.

„Niemand verprügelt ungestraft den Bruder meines Besten", tönt Luis prahlerisch und stürzt sich auf den Größeren der beiden.

Diego attackiert Luis wie ein Terrier und ich staune, als mein Bester den Angriff mit einem einzigen Kick pariert.

Der kleine dicke Junge krümmt sich vor Schmerzen und zieht im wahrsten Sinne des Wortes den Schwanz ein. Ich ahne, dass Luis die Weichteile getroffen hat.

Der große Bruder erweist sich allerdings als würdiger Gegner. Dieser teilt einen Kinnhaken aus, nachdem Luis versucht hat, ihn in den Schwitzkasten zu nehmen. Dummerweise ist der ältere Sohn des Metzgers auch vom Gewicht her einfach der Überlegene. Und er ist alles andere als langsam.

Ich kicke Diego zur Seite und wiederhole damit den Angriff, den mein Bester vorhin schon mal erfolgreich an ihm ausgeführt hat. Ich habe keinen Bock, Kinder zu verprügeln, mir geht es eher nur ums Prinzip und damit, die Familienehre wiederherzustellen.

Luis winselt auf und kassiert einen dumpfen Schlag auf sein linkes Auge. In diesem Moment packt er allerdings die Hand des bulligen Bengels, verdreht sie geschickt und wendet schnell den berühmten Polizeigriff an, woraufhin ich freies Schussfeld auf den Schrittbereich unseres Opfers habe.

Vielleicht ist das ein klein wenig unfair, aber ich fackle nicht lange herum, hole aus und kicke dem Spast so hart in die Eier, dass dieser nur laut aufjault, sofort in die Knie geht und sich den Schritt hält. Sein Gesicht ist schmerzverzerrt und Luis kann es nicht lassen, ihm einen kräftigen Schlag mitten in die Fresse zu verpassen, nachdem er seine Hand losgelassen hat.

„Wenn du Santiago noch ein einziges Mal anrührst, schneide ich dir die Eier ab, faschiere sie und verkaufe sie als frisches Rindercarpaccio ans Delikatessenrestaurant, du Loser!"

Der große Bruder schnappt nach Luft, bekommt aber kein Wort heraus. Blut läuft aus seiner Nase.

Luis schnaubt wie ein tollwütiges Tier. „Ich hoffe, du hast die Message verstanden. Auge um Auge, Zahn um Zahn. Vergsiss' das nie!"

Wir hören Diego fluchen und wimmern. Er hält sich Bauch und Schritt. „Ihr Hurensöhne!"

Ich ignoriere es, dass er soeben meine tote Mutter beleidigt hat, denn andernfalls hätte ich ihn jetzt leichenhallenreif geprügelt. Aber ich weiß, dass die Botschaft angekommen ist und versuche, meine Wut runterzufahren.

„Lass gut sein, Luis, lass uns gehen!"

Mein Bester fletscht die Zähne und lässt sich nur schwer besänftigen.

Sein T-Shirt ist am Ärmel gerissen, was beim Handgemenge passiert sein muss und als er sich mit dem Bund seines Shirts das Gesicht abwischt, entblößt er kurz seinen flachen Bauch.

Wir sind bereits wieder am Heimweg, als mein Kopfkino mal wieder mit mir durchgeht. Irgendwie scheint Admir definitiv keinen guten Einfluss auf mich zu haben!

„Die Ansage mit den Eiern war nice", lache ich.

„Hat gutgetan, auch wenn ich jetzt meinen Alten erklären muss, warum ich ein blaues Auge habe. Aber du bist Eva und mir noch etwas schuldig, das ist dir doch klar, oder?" Er schält sich jetzt aus seinem dreckigen Shirt.

Ich werfe verstohlen Blicke auf seinen nackten Oberkörper. „Was meinst du?"

„Na wir haben seit Ewigkeiten nicht mehr Fußball gespielt!"

Ich atme durch. „Ach so! Ja, schon klar, gern! Kommt sie denn rum?"

Luis nickt. „Sowas von!"

Ich ramme Luis meinen Ellbogen in die Seite, freundschaftlich natürlich. „Erwähn nur nichts von den Tickets fürs Freundschaftsspiel am Samstag! Ich hab' nämlich nur zwei!"

Luis lacht süß. „Du bist so ein Held!"

Admir

Matchday! Oder besser gesagt ein Schaulaufen. Ein Ereignis, das mich nicht gerade herausfordert. Ein Spiel gegen unterklassige Amateure mit meinen neuen Kollegen, die ich zum Teil heute zum ersten Mal sehe. Nichts, was mich vom Hocker haut, aber wenn die Sponsoren es so wollen und wenn es dem Zweck dient, machen wir es eben.

Es kommt wie nicht anders zu erwarten war und wir schießen die Amateure mit acht zu null aus dem Stadion, wobei ich, obwohl ich nur mit halber Kraft gespielt habe, alleine vier Tore mache und dabei in der ersten Halbzeit einen lupenreinen Hattrick hinlege. Ich denke mit dem Team können wir echt etwas reißen und als ich unter dem Applaus der Fans in Richtung Spielertunnel gehe, sehe ich hinter dem Zaun Luis und Bruno stehen, und ich grinse, als ich sehe, wie die beiden völlig aus dem Häuschen sind und nach mir rufen. Ich mache mich auf den Weg zu den beiden und blicke in vier leuchtende, vor Begeisterung strahlende Augen.

„Na, Jungs, hat es euch gefallen?", frage ich, obwohl ich die Antwort auf diese Frage bereits kenne.

„Herr Papic, das war das Beste, was ich bisher in meinem Leben erleben durfte. Sie sind der Größte, vielen, vielen Dank", schwärmt Luis und ich grunze zufrieden, denn genau diese Emotionen sind es, die ich so liebe.

Ich schäle mich aus dem nassgeschwitzten Trikot und beobachte Luis genau. Die kleine Sau mustert meinen Muskelbody ziemlich genau. Jackpot! Ich wische mir den Schweiß von Körper und genieße es, wie die Fotografen Fotos von mir machen, die vermutlich morgen in den Sportteilen aller Tageszeitungen in Buenos Aires zu finden sein werden.

„Wie schaut es aus, Luis? Lust, den Sieg noch etwas zu feiern?", frage ich und jetzt funkeln Luis' Augen wie Diamanten.

„Ja, also, das wäre, wow, natürlich!", stammelt der beste Freund von Bruno und ich halte ihm grinsend mein Trikot hin.

„Na Bruno hat ja einen Schlüssel, ich vermute, dass ich noch ein paar Interviews geben muss. Geht schon mal vor!"

Luis bekommt sofort feuchte Augen und starrt auf das Kleidungsstück. „Darf ich das behalten?", fragt er zögerlich und ich grinse nur.

„Klar, sieh es als Erinnerung, wir sehen uns dann später" Mit diesen Worten verschwinde ich in Richtung Umkleide, wobei ich vermute, dass ich auf dem Weg dorthin noch ein paar Journalisten begegnen werde.

Als ich nach dem Medienmarathon dann endlich in der Umkleide ankomme, sind dann auch schon fast alle verschwunden. Ich schnaufe leicht genervt, denn ich habe erwartet, dass es noch ein kurzes Feedback vom Trainer gibt oder dass die neuen Kollegen mir zu meiner Leistung gratulieren, aber okay, es war eben nur ein Freundschaftsspiel und ein Kennenlernkick für die Fans, Presse und Sponsoren.

Ich schleudere meine Stollensneakers unter die Bank und ziehe mir die Stutzen aus, als ich dann doch noch eine mir völlig unbekannte Stimme höre.

„Respekt! Top Leistung! Ich hoffe, ich werde auch einmal so gut wie du!"

Ich drehe mich um und schaue in verdammt schöne blaue Augen. Ich habe mich ja schon etwas mit unserem Kader beschäftigt, aber dieses Gesicht sagt mir im ersten Moment nichts und scheinbar drückt meine Miene genau diese Unwissenheit aus.

„Sorry, mein Name ist Jaime. Ich pendle zwischen der Ersten und der Zweiten hin und her. Ich hoffe, dass ich es schaffe, diese Saison einen festen Vertrag in der Ersten zu bekommen", erklärt der Bengel und strahlt mich an. Ich bin verwundert, dass der Bursche so verschwitzt ist, weil gespielt hat er definitiv nicht und Jaime scheint meine Gedanken lesen zu können.

„Der Trainer hat mich die gesamte zweite Halbzeit zum Aufwärmen geschickt. Das macht er immer, er ärgert gern die Nachwuchsspieler und schaut wie belastbar sie sind und ob sie ohne zu meckern das machen, was er sagt. Wer einmal jammert, ist bei ihm sofort raus. Bei dir ist das natürlich was anderes, du bist ja quasi der Shootingstar", plappert der süße Mischlingsboy drauflos.

„Stimmt." Ich grinse bis über beide Ohren. „Aber wie kommt es, dass alle anderen schon weg sind und du noch hier bist?"

„Es kann nie verkehrt sein, sich mit den tonangebenden Stars gutzustellen. Ich meine, du hast sicher viel Einfluss und Erfahrung. Und ich kann bestimmt noch eine Menge von dir lernen." Der Jungspund lächelt dabei so zuckersüß, dass mir sofort das Blut in den Schwanz schießt.

„Du hast eine gute Attitüde", entgegne ich und steige aus meiner Shorts. Mein Kolben steht hart ab und ich bin gespannt, ob Jaime darauf reagiert. Ich spüre seine Blicke und natürlich schaut er sich meinen pochenden Schwanz länger als unbedingt nötig an.

„Sorry, aber Erfolge setzen bei mir immer eine ganze Menge Glückshormone frei", erkläre ich grinsend und kratze mir die Eier.

Jaime wird sichtlich nervös und ich nutze die Chance, um den jungen Burschen zu mustern. Sein Trikot wirkt eine Nummer zu groß, aber dass er wie alle Fußballer einen geilen Arsch hat, versteht sich von selbst. Die Haut ist karamellbraun, heller als gewöhnlich für einen Südamerikaner und auch die stechend blauen Augen sind hierzulande eher selten.

„Mein Vater ist Engländer, meine Mutter kommt aus Brasilien. Ich habe viel von meinem Vater mitbekommen", sagt Jaime, als könne er meine Gedanken lesen.

„Hätte dich schlechter treffen können", erwidere ich grinsend und merke wie Jaimes Kopf knallrot wird. Ich gehe dann langsam in Richtung Dusche und bin gespannt, ob Jaime in der Zwischenzeit auf mich wartet oder ob mir der junge Nachwuchskicker sogar folgen wird.

Ich stehe in der Dusche, genieße das warme Wasser und entspanne. Sekunden vergehen und ich zucke zusammen, als ich plötzlich Jaimes Finger auf meinem Rücken spüre. Ich bin abgeklärt und ich bin gewiss kein Kind von Traurigkeit, aber damit habe ich so nicht gerechnet.

„Ich hoffe, es ist okay. Ein Star wie du sollte jemanden haben, der gut zu ihm ist, der ihn unterstützt", flüstert Jaime sanft seine Fingerspitzen streichen zärtlich über meinen ganzen Rücken.

In meinen Kopf arbeitet es. Was, wenn es eine Falle ist? Andererseits gehört der Bursche zu meinem Team, also wird er wohl kaum von der Presse sein.

Jaime zeichnet meine Muskeln nach, knetet sie und es fühlt sich verdammt gut an. Ich entspanne vollkommen und als nächstes spüre ich Jaimes Hände auf meinen Schultern und wie er zu massieren beginnt.

„Du hast wirklich einen makellosen Körper. Dich kann man nur anhimmeln. Aber geht es dir nicht manchmal auf die Nerven, dass immer alle nach deiner Nase tanzen?", fragt Jaime und ich lache.

„Du stellst ganz schön komische Fragen, Kleiner", stelle ich lachend fest.

Dann durchzuckt mich ein Blitz, denn ich spüre wie Jaime mir sanft in den Nacken beißt, ein Zeichen, das deutlich über einfache Ehrerbietung hinausgeht.

„Kleiner, was soll das werden, wenn es fertig ist?", frage ich, doch ich bekomme keine Antwort.

Jaimes Hände wandern wieder über meinen Rücken, wechseln dann über die Hüften nach vorne, ertasten meinen Bauch, suchen dann die Muskeltitten und streicheln meinen Bauchnabel. Schlussendlich greift Jaime meinen tropfenden Kolben. Er umfasst ihn mit einem sehr selbstsicheren Griff und massiert ihn, zuerst langsam, dann fordernd.

„Freut mich, dass es dir gefällt", wispert Jaime erregt und seine Stimme zittert. Er beißt mir ins rechte Ohrläppchen. Ich verdrehe die Augen und zucke. In meinem Kopf schrillen alle Alarmglocken, aber das meiste Blut befindet sich zum jetzigen Zeitpunkt in meinem Schwanz. Ich bin viel zu überrascht und neugierig, was Jaime noch alles vorhat, als dass ich jetzt noch in der Lage dazu wäre, dem Kleinen Einhalt zu gebieten.

Jaime verbeißt sich ziemlich intensiv in meinem Ohr, etwas zu heftig für meinen Geschmack und so

beginne ich mich zu winden, was den jungen Nachwuchskicker aber nicht interessiert und in einem unbedachten Moment strecke ich meinen Arsch in seine Richtung. Sofort spüre ich, dass Jaime mindestens genauso geil ist wie ich.

Der smarte Nachwuchskicker drückt mich nach vorn, sodass ich jetzt direkt an der gefliesten Duschwand stehe und so langsam wächst eine undefinierbare Angst in mir.

Jaime, der einen guten Kopf kleiner ist als ich, tritt mir sanft die Beine auseinander. Die Folge davon ist, dass mein Arsch sich auf Höhe seines Beckens befindet und ob ich will oder nicht, ich bin fasziniert davon, dass der Bursche nicht vor Ehrfurcht vor mir auf die Knie geht, sondern scheinbar ganz andere Pläne hat.

„Wie kommst du darauf, dass ich mich ficken lasse?", ist dann wohl auch die dümmste Frage, die ich in diesem Moment stellen kann, aber ich stelle sie trotzdem.

„Weil du hier stehst und dumme Fragen stellst anstatt dich zu wehren", kontert Jaime schlagfertig und seine freche Direktheit sorgt dafür, dass mein Schwanz weiterhin Blut pumpt.

Ich balle meine Hände zu Fäusten und starre die weißen Kacheln an. Im nächsten Moment spüre ich bereits, wie Jaime seine pralle Eichel an meinem Allerheiligsten ansetzt. Ich mache sofort dicht, atme schwer und ich verstehe selber nicht, warum ich dem jungen Kickerkollegen nicht einfach seine Grenzen aufzeige.

„Entspann dich, du brauchst hier nicht wie bei allen anderen den großen Macker spielen. Ich hab" dich durchschaut. Genieß es einfach mal, die Kontrolle abzugeben." Jaime streicht mit seiner rechten Hand über meinen Rücken und sein Ton klingt dabei ruhig und abgeklärt.

Ich mache tatsächlich locker, was Jaime natürlich sofort merkt und hinter mir zufrieden grunzt. Dann spüre ich wie Jaime seine Eichel in meinen engen Arsch schiebt und der Schmerz ist nicht so schlimm wie erwartet und irgendwie macht mein Pisser keinerlei Andeutungen, dass ihm das, was gerade passiert, nicht gefällt, ganz im Gegenteil, der Vorsaft tropft mir zäh und in rauen Mengen von meiner pulsierenden Eichel.

„Geile Fotze", schnauft Jaime und ich gebe einen ziemlich unmännlichen Ton von mir, als mein Kollege auch die restlichen Zentimeter seines Kolbens komplett in meinem Arsch versenkt. Ohne mir die Zeit zu geben, mich an meinen ersten Schwanz seit Jahren zu gewöhnen, meinen letzten Anstich hatte ich in einem U17 Fu0ballcamp, oder mir vielleicht die Chance auf eine kleine Pause zu geben, fickt Jaime drauflos und bei jedem Stoß klatscht sein Becken laut gegen meinen Arsch. Die in der Dusche herrschende Akustik sorgt dafür, dass es so klingt, als würde hier eine derbe Spankingsession abgehen.

Dann wieder der prüfende Griff von Jaime an mein tropfendes und zum Zerbersten steifes Gehänge und sein zufriedenes Grunzen. Jaime fickt weiter, rhythmisch und hart und ich entspanne immer mehr und fange sogar an, die Stöße des jungen Boys zu genießen.

Ich erwische mich dabei, wie ich leise zu stöhnen beginne und Jaime lacht, als er es hört.

„Geile Sau! Ich hatte ja gehofft, dass mit dir was geht, aber dass es so einfach wird und du ohne jedes

Widerwort hinhältst, habe ich so nicht erwartet!"

Mir wird schmerzhaft bewusst, dass ich keinerlei Gegenwehr geleistet habe und ich schäme mich dafür.

Ich spüre wie Jaimes Hände meinen trainierten Körper erkunden und der potente Jungstier zwickt mich hart in meine Brustwarzen, was dazu führt, dass ich sofort zusammenzucke.

Jaime grunzt laut, als ich vor Schreck die Fotze eng mache.

„Gut zu wissen, dass du da empfindlich bist und ich so deine Fotze eng bekomme, aber im Moment ist sie mir noch eng genug. Andererseits, die Saison ist ja noch lang."

Was soll das denn jetzt bedeuten? Scheinbar ist sich Jaime sicher, in mir einen willigen Bottom gefunden zu haben. Der freche Bengel zieht seinen Schwanz ohne Vorwarnung aus meinem Arsch und ich zucke zusammen.

Jaime dreht mich um, schaut mir in die Augen und keine Sekunde später spüre ich seine Zunge in meinem Maul. Diese Geste ist alles andere als ein normaler Zungenkuss, Jaime erobert mein Maul, leckt mich aus und verbeißt sich in meine Unterlippe.

Dann beendet er den Kuss und grinst mich so süß und unschuldig an, dass ich es kaum glauben kann, wie faustdick es der Boy hinter seinen Ohren hat.

Der Bursche legt mir die Hände auf meine Schultern und drückt mich auf die Knie. Ich leiste nur ganz kurz Gegenwehr, denn Jaimes Engelsaugen werden innerhalb von Sekunden böse und dunkel. Sein Blick verfinstert sich auf eine Weise, wie ich es sonst nur aus schlechten Horrorfilmen kenne.

Jetzt bin ich also der, der auf den kalten und harten Kacheln kniet. Ich schaue hoch und mustere mein Gegenüber zum ersten Mal aus diesem Blickwinkel. Sein Körper ist unbehaart, sportlich und schlank, er hat nicht annähernd so viele Muskeln wie ich, aber er ist vermutlich auch ein paar Jahre jünger als ich. Kein Gramm Fett ziert seinen Körper und dass er viel auf Athletik trainiert, ist nicht zu übersehen. Auch habe ich jetzt seinen schätzungsweise 18er Kolben direkt vor meinem Maul.

Jaime macht mir mit nur einer Kopfbewegung klar, dass er erwartet, dass ich seinen Schwanz ins Maul nehme.

Jaimes natürliche Dominanz kickt mich derb und dass er trotz seines jungen Alters, seiner körperlichen Unterlegenheit und meiner Stellung im Team keinerlei Probleme damit hat, mir meinen Platz zu zeigen, ist etwas, was ich mehr als anerkenne. Er greift seinen Schwanz, schlägt ihn mir links und rechts ins Gesicht und ich mache wie automatisch mein Maul weit auf.

Jaime versenkt seinen Kolben ohne mit der Wimper zu zucken direkt und komplett in meinem Rachen. Ich würge und Jaime keucht und drückt meinen Kopf noch härter auf seinen Pisser. Ich bin schockiert, überfordert und es schüttelt mich. Ich rudere mit den Armen, kralle mich mit den Fingern in Jaimes Arschbacken fest und dann schmecke ich den jungen Boy. Als ich das Sperma von Jaime schlucke, durchfahren Blitze ungeahnten Ausmaßes meinen Körper. Ich genieße jeden Tropfen, sauge überraschend gierig und als Jaime meinen Kopf loslässt, lecke ich sogar sauber.

Jaime macht einen Schritt zurück, mustert mich und beginnt breit zu grinsen. Er deutet wortlos auf die

Bodenfliesen vor mir und ich erschrecke selber, als ich begreife, dass ich heftig abgerotzt und die Kacheln mit einer fetten Ladung meines Spermas dekoriert habe.

Ich knie immer noch, während Jaime bereits dabei ist, sich abzutrocknen.

„Ich denke, wir können uns gegenseitig von großem Nutzen sein. Du förderst mein Talent als Fußballer und ich fördere dein Talent als Schwanzhure. Ich denke wir werden eine gute Saison haben", sagt Jaime nüchtern und pragmatisch.

Ich erblicke sein perfektes Heck, als er selbstsicheren Schrittes aus der Dusche verschwindet.

Ich stehe auf, wasche mir den Schweiß und mein eigenes Sperma vom Körper und als ich in die Umkleide gehe, ist Jaime bereits verschwunden.

Ich brauche etwas um zu kapieren, was gerade passiert ist, doch gelingen tut es mir nicht wirklich.

Ich ziehe mich langsam an, packe meine Sporttasche und als ich aus der Kabine in Richtung Parkplatz gehe, sind Gott sei Dank nur noch ein paar Paparazzi da, die Fotos schießen wollen. Interviews muss ich zum Glück keine mehr geben. Ich steige in meinen Wagen und mache mich auf den Weg nachhause, meine Gedanken drehen sich um Jaime und was das eben Geschehene bedeuten soll. Das schlimmste an dem Ganzen ist, dass ich, als ich an meinen Kollegen denke, recht schnell einen Ständer bekomme und ich habe die Befürchtung, dass die Sache nicht so optimal für mich ausgehen könnte.

Bruno

Während wir zu Fuß zu Admirs Wohnung gehen, lässt Luis das verschwitzte Soccertrikot keine Sekunde los oder aus den Augen. Er löchert mich mit hundert Fragen. Zu Beginn ist es ja noch lustig, aber als er immer mehr wissen möchte, weiß ich, dass ich mich auf dünnem Eis bewege. Ich will auf keinen Fall, dass ich Schwierigkeiten bekomme. Klar ist es cool, dass mein Boss meinen besten Freund einlädt, aber ich weiß auch, dass das, was zwischen Admir und mir läuft, ein Geheimnis bleiben soll. Zumindest der Teil mit den dreckigen, sexuellen Details.

Luis' Augen werden groß, als wir das Apartment betreten. Er steigt aus seinen abgetretenen Sneakers und bestaunt das Wohnzimmer. „Fuck, ich wusste ja, dass ein Star wie er viel Kohle hat, aber dieser Schuppen hat echt Klasse!"

Mein Kumpel wandert weiter und nimmt jeden Raum genauer unter die Lupe. In der Schlafzimmertür bleibt er stehen und grinst. „Wie viele Weiber er hier wohl schon abgefickt hat?"

Ich zucke unschuldig mit den Schultern.

„Ein Kerl wie er hat bestimmt jede Woche eine Andere. Oder an jeder Hand gleichzeitig mehrere." Luis' Mutmaßungen steigern sich mit jeder Sekunde.

„Hast du seinen Body gesehen? Er trainiert sicher jeden Tag!" Mein bester Kumpel verpasst mir einen Stoß in die Rippen.

„Ich bin ja nicht blind", murmle ich.

„Eva würde uns beide umbringen, wenn sie wüsste, dass ich eine Karte für das heute Spiel bekommen habe und jetzt hier bin."

Ich verschwinde kurz in die Küche, um etwas zu trinken zu holen. Luis bewundert in der Zwischenzeit die Pokale und Urkunden. Und das wandgroße Schuhregal mit den Sneakers.

„Fuck, er hat sogar die Limited Edition der Airmax", schwärmt er und deutet auf ein schwarzgoldenes Paar Schuhe.

„Na wer, wenn nicht er", erwidere ich lachend und drücke ihm eine Flasche Cola in die Hand.

Ich weiß, dass Admir nichts dagegen hat, wenn wir auf dem riesigen Flatscreen ein paar Spiele zocken, um uns die Zeit zu vertreiben. Wir spielen FIFA und der Wettstreit endet unentschieden, weil wir beide gleich oft gewinnen.

Ich wundere mich ein bisschen, dass es schon recht spät ist, als Admir endlich auftaucht.

„Sorry, Jungs, hatte noch viel um die Ohren mit Presse und so." Der Soccerpro grinst und gibt sowohl Luis als auch mir die Ghettofaust. „Ihr müsst Hunger haben. Lassen wir uns Pizza kommen?"

Wir nicken gleichzeitig und Admir greift zum Smartphone. Ordert drei verschiedene Pizzen. Setzt sich breitbeinig, proletenhaft aufs Sofa. „Was haltet ihr von Bier? Ich dachte, wir wollen ein bisschen feiern! Cola ist ja Kindergeburtstag!"

Luis kratzt sich am Hinterkopf. „Stimmt. Na dann!"

Admir deutet mir mit einer Kopfbewegung, dass ich für Bier sorgen soll. Ich kehre mit drei Flaschen Quilmes zurück, eisgekühlt. Der Starkicker aktiviert einen Musiksender und so flimmern schon nach wenigen Sekunden Bilder über den Schirm, die einem Softporno gleichkommen, dazu laszive hiphopartige Musik, in der es um Bettsport geht.

Wir prosten einander zu und stoßen auf Admirs Sieg an, wenn es auch nur ein Freundschaftsspiel war, so war es der erste offizielle Auftritt mit dem neuen Club.

„Danke nochmal für die Einladung!" Luis' Wangen färben sich rot. Ob das schon der Einfluss vom Alkohol ist, kann ich nicht sagen.

Intensiver Blickkontakt zwischen ihm und dem Nachwuchsprofi.

Als die Pizza geliefert wird, fällt mir auf, dass Admir Luis etwas zuflüstert. Wir haben bereits jeder das zweite Bier und genießen die Pizza, als wir uns gegenseitig davon erzählen, wie die Leidenschaft für Fußball in uns entflammt ist. Ein Blinder würde sehen, dass mein Boss und mein bester Freund sich blendend verstehen. Die Pizza ist mit scharfer Salami belegt, was mich ganz schön ins Schwitzen bringt, aber als Admir sich als Erster das T-Shirt auszieht, denke ich mir noch nichts dabei, immerhin glaube ich, dass ihm einfach nur heiß ist.

Ich bringe die Pizzaschachteln zur Spüle und der Soccerpro leistet mir kurz Gesellschaft. „Was auch immer jetzt passiert, vertrau mir. Es wird geil." Er zwinkert mir zu.

Auch jetzt kapiere ich noch nicht ganz, was er vorhat. Aber mir entgeht nicht, dass Luis ihn und seinen

jetzt nackten Oberkörper pausenlos anstarrt.

Wir öffnen das nächste Bier und Admir dreht die Musik lauter. Ich sitze den beiden gegenüber und entspanne mich.

„Kannst du tanzen, Luis?", fragt der Starkicker und mein Kumpel lacht nur.

„Keine Ahnung. Denk nicht!" Er steht aber auf und beginnt damit, unbeholfen seine Hüften kreisen zu lassen. Irgendwie schafft er es aber, dabei so süß und sexy auszusehen, dass Admir sofort grunzt.

„So verführst du also deine Mädels?" Admir leckt sich die Lippen und knetet sich die Beule.

Luis konzentriert sich auf den Rhythmus, stellt die Bierflasche ab, hebt die Arme und versinkt fast in Trance, als er komplett im druckvollen Hämmern des Liedes eines schwarzen Gangstarappers aufgeht.

Admir deutet mir, dass ich aufstehen soll. „Na los, zeigt mir ein bisschen was! Der Abend ist noch jung und ich will meinen Neubeginn in Buenos Aires feiern!"

Luis streckt seine Hand aus und greift nach mir. Ich schnaufe unsicher, lasse es aber zu und bewege mich zum Takt der Musik. Mein bester Kumpel schubst mich mit den Hüften, ist jetzt mit dem ganzen Körper im Song, seine Knie geben nach, er streckt sie wieder ganz durch, dann passt er seinen Oberkörper diesen Bewegungen an.

Der Subwoofer der Anlage hat ganz schön zu tun, als die tiefen Bässe durch das Wohnzimmer dröhnen. Ein einfaches Handzeichen von Admir genügt und ich weiß, dass er will, dass ich mir das Shirt ausziehe. So schäle ich mich mitten im Tanz aus meinem T-Shirt und werfe es zu Boden.

Luis grinst nur, reibt seinen Arsch an meinem Schritt und ich höre Admir laut raunen. „Yes! Nice, Jungs!"

Ich staune, wie schnell mein Kumpel vergisst, dass wir eigentlich nur befreundet sind, denn im nächsten Augenblick hebt er den Bund seines Shirts und zieht es sich aus.

Die Stimme des Rappers, die aus den Boxen kommt, ist tief und erregt mich zutiefst. Ich sehe Admir grinsen. Er sitzt auf der Couch und genießt die Show.

Luis streichelt die Stelle meiner Hüften, wo die Beckenknochen ein Stück hervorstehen. Wir schauen einander jetzt in die Augen und plötzlich ist es das Logischste und Natürlichste der Welt, dass wir uns küssen wollen.

Ganz ohne Druck oder Stress pressen wir unsere Körper aneinander, spüren die nackte Haut des Oberkörpers des anderen, genießen die Wärme, die sanften Wellen der Lust, die durch das Bier nochmal verstärkt werden und die Nähe.

Instinktiv schließe ich die Augen und verlasse mich ganz auf die unsichtbare Macht, die uns durch diese Action dirigiert. Ich wehre mich nicht, als Luis' Griff um meine Hüften fordernder wird und ich seine Lippen auf meinen spüre. Kurze Zeit später schiebt er seine Zunge tief in mein Maul und ich erwidere sofort.

Alles dreht sich, die Hitze wird fast unerträglich. Der Beat treibt, wummert, jagt mir tausend Emotionen durch die Blutbahnen.

Ich lege meine Hände um Luis, packe an seinen Arsch und ziehe ihn fest an mich heran. Ich blinzle kurz,

sehe, dass Admir jetzt mit seinem Handy filmt. Ich bin zwar allgemein etwas überfordert mit der ganzen Situation, werte das zustimmende Nicken meines Chefs aber als positiv und als Zeichen, dass ich weitermachen soll.

Admir verschwindet kurz und holt Biernachschub. Dann stellt er sich hinter Luis, drückt ihm noch ein Quilmes in die Hand und zaubert aus dem Nichts ein Fläschchen ohne Verschluss hervor, das er meinem Kumpel unter die Nase hält.

Er geht an Luis' Ohr. „Tief einatmen, Kleiner."

Luis schaut mich fragend an, hört keine Sekunde auf zu tanzen oder sich an mich zu reiben und ich nicke ermutigend.

Mein Bester dreht sich kurz um, lächelt Admir an und inhaliert dann den Inhalt des geheimnisvollen Fläschchens. Tief und lange.

Ich merke, wie seine Gliedmaßen und Muskeln zucken, kurz schlaff werden, er seinen Kopf in den Nacken legt und dann grunzt er.

Ich lächle, als ich sehe, wie sich seine Körpersprache ein weiteres Mal verändert. Er scheint mir jetzt seinen Körper vollkommen schenken zu wollen. Ich nutze die Gelegenheit, stecke meine Zunge wieder in sein Maul, lecke ihn aus, beiße ihn, sauge so fest ich kann und lasse ihn kaum Luft holen.

Admir bannt jeden Moment davon auf Video und massiert sich seine Beule.

Ich erhasche einen Hauch vom Duft, den Luis jetzt intus hat und verstehe langsam, warum dieser so heftig wirkt. Das Zeugs ist süßlich, geht direkt in Hirn und Venen und pusht einen derb hoch. Was auch immer da gerade passiert, es soll bitte weiter passieren.

Luis zu küssen ist magisch. Ich verstehe wieder, warum ich seit unserem ersten Kuss vor Jahren an nichts anderes mehr denken konnte. Warum ich dieses Gefühl wiederhaben wollte. Ich will es so lange wie möglich auskosten. Ich erhasche jeden Blick, den mein Kumpel aussendet, halte ihn, streichle und knete ihn, will ihn nicht mehr loslassen.

Mein Bester wird immer williger, scheint vor meinen Augen zu zerfließen vor Geilheit, was ich so in diesem Ausmaß noch nie gesehen habe.

Luis' Lippen sind weich, fordern aber auch ganz schön, wenn er kontert, seine Zunge ist unglaublich schnell und ringt mit meiner um die Vorherrschaft in meinem Maul. Manchmal gebe ich nach, ein anderes Mal dränge ich ihn zurück und lecke bis zu Luis' Gaumen hinein.

Ich habe gar nicht bemerkt, dass wir uns bereits gegenseitig komplett ausgezogen haben. Einzig Admirs Grunzen bestätigt die Tatsache, dass die sich gerade ereignende Szene immer heißer und tiefer wird.

Mein Boss stellt sich an meine Seite und streicht über meinen Bauchnabel. „Kommt mit, ich zeig euch den Sling."

Ich habe keine Zeit dazu, erstaunt zu sein. Folge einfach willenlos. Habe Luis bei der Hand genommen und er lässt sich wie ein braver Sklave einfach mitschleifen.

Wir betreten einen Raum, den ich hier noch nie gesehen habe. Er befindet sich hinter einer unscheinbaren

Tür und hat nur eine spärliche Beleuchtung. Er wirkt wie ein Keller, ist aber perfekt eingerichtet. Bar, Whirlpool, ein Holzkreuz, ein Käfig und ein Sling, wie man ihn aus Pornos kennt. Von der Decke baumeln die Vorrichtungen, die aus glänzendem Edelstahl bestehen und ins Leder münden, in das man sich hineinlegt.

Ich dränge Luis zum Sling und schubse ihn rücklings hinein. Mein Bester lässt alles geschehen, geduldig, neugierig und offensichtlich seiner Sinne nicht mehr Herr.

Admir lässt Luis ein weiteres Mal am mysteriösen Fläschchen schnüffeln, was dieser nur allzu gerne tut.

Ich greife das Gemächt meines besten Freundes, ziehe die Vorhaut hart zurück, streiche mit dem Daumen über die nasse Eichel und drücke die Schenkel weit auseinander.

Der kompakte Knackarsch befindet sich jetzt in der perfekten Fickhöhe und ich grinse zufrieden, als ich sehe, wie Luis seine Beine schräg in die Höhe streckt und sie lässig in die Ketten hängt. Um dann die Füße in die dafür vorgesehenen Schlaufen zu stecken, so wie man es sich von einem folgsamen Sklaven erwartet. Woher die Bereitschaft zu dienen plötzlich kommt, kann ich beim besten Willen nicht sagen.

Ich umklammere die Edelstahlketten und ziehe so meinen Besten ganz nah an mich heran. Wie ein auf dem Rücken liegender Käfer schaut Luis mich jetzt hilfesuchend und erwartungsvoll an.

„Enjoy, Kleiner!" Admir klopft mir Mut zusprechend auf die Schultern und gibt mir einen Klaps auf den Arsch. Seine Handykamera läuft.

Ich beuge mich über meinen besten Freund, küsse ihn sanft und drücke meinen Schwanz zwischen seine Arschbacken.

Luis erwidert und trinkt die Flasche Bier leer, die Admir ihm gibt.

„Brav", lobt Admir ihn und tätschelt seinen Kopf.

Mein Pisser schmerzt vor lauter Vorfreude und großer Erwartungen. Ich muss kein Genie sein, um zu wissen, dass da das Paradies auf mich wartet. In Form der kleinsten und engsten Fotze, die jetzt nur mir gehört.

Ich wichse meinen zugegebenermaßen extrem dicken Schwanz und weiß, dass es nicht ganz so leicht wird, damit das Loch meines Besten zu erobern. Ich fühle mich geehrt, dass ich es sein darf, der ihn ansticht. Mir ist natürlich bewusst, dass dieses Privileg eigentlich Admir gebührt.

Mein Chef macht eine Nahaufnahme von meinem Brecher und der zuckenden, engen Fotze des Bottoms.

Luis zieht scharf Luft ein, als ich meine Eichel zielbewusst an seine Knospe drücke. Er krampft, windet sich etwas und würde sich am liebsten an den Ketten hochziehen, um irgendwie zu entkommen.

Aber Entkommen gibt es hier keines. Weder vor mir noch vor Admir.

Ich streichle über seinen Bauch, der sich aufgeregt bei jedem Luftholen hebt und senkt. Wichse seinen Schwanz, der immer wieder ganz aufsteift und in die Höhe ragt.

Dann mache ich Nägel mit Köpfen und jage Luis die erste Hälfte meines Pissers tief in den Darm. Der Muskel zieht sich brutal zusammen, legt sich wie eine zweite Haut um meine Eichel und ich spüre Gegendruck.

Admir hat mittlerweile seinen Schwanz aus seiner Hose geholt und wichst sich langsam.

Die Hitze der kleinen Pforte bringt mich um den Verstand. Meine Eier ziehen sich zusammen und ich habe Angst, jetzt auf der Stelle abzurotzen.

Ich verdrehe die Augen, als ich meinem Besten die zweite Hälfte meines Kolbens gebe.

Luis presst seine Lippen aufeinander, wimmert, greift nach mir.

Ich küsse ihn, wie um ihn beruhigen zu wollen. Wühle in seinem Innersten. Genieße. Lass die Hitze und Enge intensiv auf mich wirken. Schaukle den Ledersling sanft vor und zurück und fange an, meinen besten Freund tief und mit viel Druck zu ficken. So, wie ich es von Admir gelernt habe.

Admir

Momente wie dieser sind es, die mich daran erinnern, warum ich mich dafür entschieden habe, Bruno eine Chance zu geben, sich zu profilieren. Der Kleine händelt seinen besten Kumpel wie eine schwanz-hungrige Straßenhure und ist inzwischen so derb ins Ficken vertieft, dass er scheinbar gar nicht mehr mitbekommt, wie derb Luis wimmert und sich vor Schmerzen windet. Oder vielleicht bekommt er es doch mit und genießt es einfach nur? Ich bin mir bei Bruno inzwischen nicht mehr so sicher, wie er wirklich drauf ist. Ich glaube das ist das, was mich an der kleinen Ratte auch so reizt.

Ich sehe wie sein kleiner Knackarsch vor und zurück geht und jedes Mal, wenn Bruno seinen Schwanz tief in das Innere von Luis rammt, spannen sich die knackigen perfekt geformten Backen von Bruno an. Ich gehe zu meinem Sklavenanwärter, packe ihm an seinen Arsch und spüre das heiße Muskelfleisch. Für ein paar Sekunden verliert Bruno seinen Stoßrhythmus. Ich grinse breit und lasse meinen Finger zwischen die beiden kompakten Halbkugeln gleiten und spüre wie seine kleine Boyfotze derb zuckt.

Ich schaue Bruno über die Schulter und sehe wie Luis seine Augen verdreht und leise wimmert. Ich vermute, dass sich der Straßenjunge gerade auf Wolke Sieben befindet, denn sein beachtlicher Schwanz steht hart ab und fordert sein Recht ein, was aber natürlich auch an der nicht gerade kleinen Menge Poppers liegen kann, die Bruno inhaliert hat.

Ich drücke meinen Finger in seine enge Fotze und sofort quiekt der kleine Ficker auf. Sein Fotzenmuskel zieht sich bei jedem Stoß, den er seinem besten Kumpel verpasst, so eng zusammen, dass er mir fast den Finger abklemmt.

Die Verlockung, meinen vor Geilheit zuckenden Hengstriemen tief in Bruno zu versenken, ist hoch, aber ich will meinen kleinen Nachwuchsbullen nicht vollkommen aus dem Takt bringen und so versaut ich auch bin, so gibt es eine Sache, die ich bisher noch nicht gemacht habe und die ich heute noch von meiner To-do-Liste streichen werde.

Ich habe es bisher verabsäumt, in ein gebuttertes Brötchen zu stoßen, sprich, meinen Fotzenspalter in einer Fotze zu versenken, die vorher bereits von einem anderen Hengst imprägniert wurde. Und ich habe

es auch nach der Aktion am Nachmittag mehr als nötig, meinen Pisser jetzt endlich zu versenken und jemanden dazu zu bringen, unter meinen brutalen Stößen zu leiden.

Bruno fickt jetzt schon eine ganze Weile, und so geil der Anblick auch ist, meine Eier sind am Kochen und ich habe schlichtweg keinen Bock, noch länger zu warten. Ich stelle mich hinter die süße Sau, greife an seine kleinen Boytitten und kneife in beide Nippel fest hinein. Ich setze meine Zähne an seinen Nacken und beiße zu. Bruno reagiert wie erwartet, er zuckt, quiekt und wird nervös.

„Ich komme, Admir", grunzt der Bengel und hält noch brav zurück. Offenbar wartet er auf meine Erlaubnis, was mich mit etwas Stolz erfüllt.

„Ich will, dass du Luis flutest, ihm sein Innerstes mit deinem Sperma markierst und dann solange in seiner Fotze bleibst, bis ich dir erlaube, herauszuziehen. Hast du das verstanden, Sau?"

Bruno nickt eifrig und im selben Moment spüre ich, wie sein ganzer Körper heftig schaudert.

Ich gehe mit meiner rechten Hand tiefer, bis ich die Eier von Bruno in der Hand habe und ich kann deutlich spüren, wie die fetten Klöten pumpen.

„Fick weiter! Ich will, dass du deinen besten Kumpel richtig besamst! Zeig ihm, wer von euch beiden der Boss ist", keuche ich grinsend und massiere sanft Brunos überkochende Eier.

Der Bursche dreht seinen Kopf zu mir, seine Stirn ist schweißnass und Tränen der Geilheit laufen über seine roten Wangen. Ich sehe wie sehr Bruno nach einem Kuss giert und ich erfülle ihm seinen Wunsch. Ich drücke ihm meine Zunge tief in sein Maul und merke schnell, dass er fix und fertig ist. Sein Abgang muss so heftig gewesen sein, dass ihm fast die Beine wegbrechen.

„Zieh raus!", lautet meine knappe Ansage, welche Bruno sofort und ohne Widerworte umsetzt.

Ich betrachte Luis' aufgefickte Fotze und sehe, dass sie bereits jetzt sehr gereizt ist. Ich kann nur laut grunzen, als das offenstehende Loch zuckt und langsam Brunos Sperma aus dem Ficktunnel herausläuft. Ich gehe mit einem Finger an das Loch, fange das herauslaufende Sperma auf und schmiere meinen Schwanz damit ein.

Ich schaue zu Bruno und deute auf einen mit Nieten verzierten Ledercockring, der auf einem kleinen Tisch in der Ecke liegt. Bruno versteht sofort, holt das Ding und kommt damit zu mir. Ich atme schwer, als er direkt und ohne zu überlegen vor mir auf die Knie geht und mir das Teil eng um meine Eier und meinen pochenden Schwanz befestigt.

Ich setze meinen Schwanz an Luis' gerötetem Loch an und spüre die Hitze des aufgefickten Muskels. Ich sehe wie sich die kleine Sau das Poppersfläschchen schnappt und es seinem Besten nochmal unter die Nase hält.

„Viel Spaß, Boss" grunzt Bruno und ich sehe wie Luis im Sling inhaliert und zuckt.

„Du kleiner Teufel!" Ich versenke meinen Schwanz in der nassen Fotze. Ich beiße mir vor Geilheit auf die Unterlippe, denn das Gefühl ist ungewohnt geil. Die Fotze ist immer noch eng wie die Hölle, erscheint mir durch Brunos Sacksahne innen aber heißer, geschmeidiger als jedes Loch, das ich bisher benutzt habe. Der Muskel leistet etwas Widerstand, was natürlich immer geil ist und das Innere fühlt sich an, als würden

zehn Zungen meinen Schwanz gleichzeitig liebkosen.

Ich schließe die Augen. Ficke los wie ein wildgewordener Stier und ich nehme mir, nicht vorher aufzuhören, bevor ich Brunos Sackmilch zu Sahne geschlagen habe. Ich greife die im Vergleich zu mir schmächtigen Oberschenkel und penetriere die Premiumfotze, als ob es für mich darum ginge, mir meine Männlichkeit wieder zurückzuholen.

Ich ficke derb und ich bin überrascht, als ich feststelle, dass ich beim Ficken immer wieder an Jaime denken muss. Je mehr ich an meinen geilen Mitspieler denke, desto heftiger stoße ich die kleine Sau. Dass Luis inzwischen nur noch am Heulen ist, blende ich komplett aus.

Dann plötzlich schießt es mir die Birne weg. Ich reiße die Augen auf und sehe Bruno, wie er jetzt mir das Poppers unter die Nase hält. Als ich registriere, was passiert, hat es mir bereits sämtliche Gehirnzellen vernebelt. Bruno verschließt das Fläschchen wieder und grinst mich an.

„Zur Feier des Tages!", tönt er übermütig.

Ich ficke Luis jetzt so derb, dass er sich panisch an den Ketten festhält, weil er Angst hat, dass ich ihn aus dem Sling bocke.

Bruno schleicht um mich herum wie eine Katze und seine weichen Finger streifen meinen Körper immer wieder so, dass ich halb verrückt werde. Ich versuche mich auf die geile Fotze zu konzentrieren und spüre dann auch viel zu früh, wie mir die Eier endgültig überkochen. Ich entspanne und pumpe, doch im selben Moment spüre ich, wie sich Bruno hinter mir hinkniet und meine Arschbacken auseinanderzieht, um sanft mein Heiligstes zu küssen.

Ich verdrehe die Augen, grunze lauter, pumpe noch immer und Brunos Zunge katapultiert mich in ziemlich krasse Höhen. Ich lasse mich auf Luis fallen, markiere seinen kaffeebraunen Knackarsch und ich weiß mit absoluter Sicherheit, dass ich meinen Pisser nicht aus dem Bengel ziehen werde, bevor ich ihm nicht eine weitere Ladung verpasst habe.

Bruno

„Wer hat dir erlaubt, an mein Allerheiligstes zu gehen?", knurrt Admir mit tomatenroten Wangen, als er sich zu mir umdreht.

Schuldbewusst senke ich den Kopf. „Ich wollte nichts tun, was dich verärgern könnte, ich bitte um Entschuldigung."

Der Soccerprofi sammelt sich kurz, greift mich, wuschelt mir durchs Haar und lacht. „Spinner! Komm her!" Er bleibt tief in meinem besten Kumpel und gleichzeitig küsst er mich, zieht seinen Schwanz ein Stück heraus und ich sehe deutlich, dass sein Brecher kaum an Länge und Umfang abgenommen hat, obwohl er Luis soeben derbst besamt hat. Er wartet noch ein bisschen, wühlt in seinem Fan, genießt dessen Jammern und Wimmern und versenkt schließlich wieder.

Admir drängt mich sanft zu Luis und ich verstehe die Aufforderung. Streiche sanft über den makellosen Bauch meines Besten, nähere mich mit meinen Lippen seinen, lecke ihm den Schweiß aus der süßen Fresse und wir küssen uns gierig und voller Leidenschaft. Was den Kicker sofort zum Grunzen und schneller Stoßen bringt. Ich bin froh, dass mein Arbeitgeber mit der Leistung meines Kumpels zufrieden ist.

Luis schaut mir in die Augen und verzieht immer wieder sein Gesicht. „Krasser Stecher, dein Chef", keucht er leise.

Ich zucke unschuldig mit den Schultern. „Ich weiß."

Admir tobt sich aus, genießt und beweist natürlich noch mehr Durchhaltevermögen als in der Vorrunde. Er packt mich, zerrt mich von Luis weg und presst meine Schnauze an seinen verschwitzten Oberkörper.

Ich lecke seine Titten, lasse meine Zunge flink kreisen und beiße sanft zuerst in die rechte, dann in die linke Knospe.

Jetzt ist es Admir, der vor Geilheit winselt. Ich spüre die Kraft und Energie seiner Stöße, sehe, wie mein bester Freund im Sling hin und her schaukelt und den perfekten Bottom macht.

„Eigentlich wollte ich euch ja in den Käfig dort drüben sperren, aber ihr habt euch soeben qualifiziert, an meiner Seite im Kingsize pennen zu dürfen!" Der Soccerstar grinst bis über beide Ohren.

Ich schlucke trocken, als ich den Käfig betrachte. Frage mich unweigerlich, wie viele Sklaven hier schon drin waren und was er noch alles mit meinem Kumpel vorhat.

„Nicht so vorsichtig, Kleiner, ich bin nicht aus Zucker", grunzt Admir und funkelt mich an.

Ich lächle, lecke mir die Lippen und beiße jetzt kräftiger zu, grabe meine Schneidezähne ins zarte Fleisch und schmecke den Himmel auf Erden.

Admirs Haut ist so straff, rein und weich wie die von einer Nektarine. Ich könnte ewig an ihm saugen und lecken und herumbeißen. Mein Daumen spielt mit seinem Bauchnabel und es entgeht mir nicht, dass er langsam nervöser wird.

Es schüttelt ihn bereits, als er sich zu Luis runterbeugt, ihn nach Luft schnappend küsst und ausleckt und gleichzeitig sein Premiumsperma in den misshandelten Darm pumpt.

Der intensive Kuss scheint nicht zu enden. Ich werde in der Zwischenzeit fast ein bisschen eifersüchtig.

Als Admir von meinem Besten ablässt, deutet er auf seinen Schwanz, den er mit einem schnellen Ruck herauszieht. „Sauberlecken und ab ins Bett mit euch. Komme gleich!"

Ich knie mich hin und lecke den Pisser meines Chefs sauber. Danach vergrabe ich meinen Kopf zwischen Luis' Oberschenkeln und kümmere mich ums Sperma, das noch immer aus der Fotze läuft. Admir verschwindet ins Bad und lässt uns alleine.

Luis liegt entspannt, aber noch immer zitternd da und fährt sich durchs Haar. „Fuck, was war denn das bitte?"

Ich knete liebevoll die kleinen Eier meines Bros. „Na ein Soccerprofi in Action!"

„Und ich dachte immer, der fickt zu hundert Prozent nur Weiber!"

„Tja!" Ich lecke den offenstehenden Schließmuskel sauber und muss lachen, weil ich weiß, dass der Muskel für die nächsten zwei Tage out of order sein wird.

„Ich muss nur morgen früh raus. Muss meinem Vater wieder auf dem Bau helfen."

„Na ich kann auch nicht ewig bleiben. Muss zum Markt."

Ich helfe Luis aus dem Sling und wir gehen rüber ins Schlafzimmer.

Mein Bester geht etwas schief und wie auf heißen Kohlen. Bestaunt das edle riesige Bett und den Durchgang zum begehbaren Kleiderschrank. „Ich fasse es nicht. Ich bin im Heiligsten von Weltstar Papic."

Ich kann es mir nicht verkneifen, ein bisschen frech zu sein. „Also ich würde sagen, Papic war gerade in *deinem* Allerheiligsten!"

„Arsch!" Luis greift ein Kissen und feuert es mir direkt in die Fresse.

Meine Revanche besteht aus einem Frontalangriff, was Luis sofort zu Boden wuchtet.

In diesem Moment kommt Admir nackt ins Zimmer und stürzt sich auf uns beide. „Kissenschlacht!"

Schnell sind wir alle drei wieder steif, raufen, spielen und tollen rum wie ausgelassene Köter.

Als wir müde werden, verkrümeln wir uns in die Laken, kuscheln uns eng aneinander und irgendwie tut es verdammt gut, diese Nähe genießen zu dürfen. Ist Admir doch sonst eher unnahbar und der strenge Alpha.

„Wer von euch beiden erledigt morgen in der Früh den Morgenservice?"

Luis leckt dem Star die Achselhöhle und schaut hoch. „Ich muss früh zur Arbeit, sorry."

Wir hören den Kicker laut schnaufen. „Jetzt habe ich zwei süße Sklaven und keiner kümmert sich morgens um meinen Druckabbau? Das geht ja mal gar nicht."

„Na ich könnte am späten Nachmittag wieder da sein", gebe ich zu bedenken.

Admir winkt ab. „Kleiner, morgen bin ich verabredet. Vielleicht übermorgen wieder."

„Oh." Damit habe ich so nicht gerechnet, muss die Entscheidung aber natürlich akzeptieren und verbringe die Zeit bis zum Einschlafen damit, mich zu fragen, mit wem er verabredet sein mag und wer der oder die Glückliche wohl ist.

Admir ist in unserer Mitte und als ich tiefer rutsche und seinen Pisser liebkose, ermahnt er mich schnell.

„Bruno, aus! Morgen ist wieder Training und wenn ich jetzt nochmal rattig werde, braucht ihr spätestens in ein paar Stunden den Notarzt, das garantiere ich euch!"

Die Warnung zu Herzen nehmend, gebe ich schnell Ruhe und wir pennen ineinander verkeilt und schwer atmend ein.

Am nächsten Tag treten Luis und ich zur selben Zeit den Nachhauseweg an und es ist noch dunkel und die Stadt schläft tief und fest, als wir durch die frische Morgenluft laufen.

„Denkst du, er lädt mich wieder mal ein?" Mein Bester ist noch immer aus dem Häuschen wegen des spannenden Abenteuers.

Ich lache. „Ich denke schon."

„Alter, ich überlasse dir alle Sticker der letzten Fußball WM, die ich sammeln konnte, wenn ich mal wieder

mit dabei sein darf!"

„Versprochen, ich gebe dir sofort Bescheid, wenn Admir wieder was starten will", erwidere ich und schubse ihn neckisch. „Ist zwischen uns alles klar?"

Luis macht eine lässige Handbewegung. „Klar ist alles klar. Was denkst du denn?"

„Gut so!" Die letzten zwei Kilometer erhöhen wir das Tempo, weil ich auf keinen Fall zu spät kommen möchte und so trennen sich unsere Wege kurz vor dem Viertel, wo wir wohnen.

„Heute Nachmittag Fußball mit Eva?"

Ich nicke. „Geht klar, bis später!" Wir umarmen uns etwas ungeschickt, aber bei der Ghettofaust spüre ich wieder die besondere Chemie, die zwischen uns herrscht. Irgendwie würde ich Luis gerne küssen, kurz nur wenigstens, aber ich traue mich nicht, obwohl wir uns letzte Nacht so nahegekommen sind.

Auf dem Markt läuft alles recht ruhig und so wie immer. Carlos ist griesgrämig und jammert, dass wir zu wenig Umsatz machen, aber ansonsten gibt es keine nennenswerten Zwischenfälle.

Zuhause helfe ich Maria beim Kochen des Abendmahls und entschuldige mich für mein Wegbleiben und meinen mangelnden Einsatz bei der Hausarbeit.

Santiago möchte uns zum Fußballspielen begleiten und ich lasse mich weichklopfen, obwohl ich lieber mit Luis und Eva alleine gewesen wäre.

Luis biegt um die Ecke, als die Sonne bereits tief am Horizont steht und die Abenddämmerung eingesetzt hat. Er trägt nur eine ausgewaschene Camouflage Shorts und kein T-Shirt. Mir wird sogleich warm und ich merke, dass es in meiner kurzen Hose eng wird. Zum Glück taucht Eva auch bald auf und bringt uns auf andere Gedanken, indem sie gleich mal zwei Tore schießt.

Als Santiago müde wird und nach Hause schlurft, hocken wir uns verschwörerisch auf eine alte Hausmauer und stecken die Köpfe zusammen. Eva hat offenbar etwas Wichtiges zu erzählen. Worüber ich froh bin, denn so ist mein aktueller Nebenjob uninteressant für sie.

„Ich war gestern mit Federico im Kino. Wir haben uns *The Devils Backbone* angesehen und er hat mir sogar eine Cola spendiert." Evas Augen leuchten.

Luis und ich schauen doof. „Federico?", tönen wir im Duett.

„Klar. Ihr wisst doch, der in dem schönen Hotel arbeitet."

„Aaah, ja, Federico." Wir nicken. Federico ist letztes Jahr in der Abschlussklasse gewesen und hat mir irgendwann mal eine Zigarette spendiert. Das ist aber schon meine einzige Erinnerung. Ich wusste nicht, dass Eva auf ihn steht und dass da was läuft.

„Seht ihr euch wieder?", fragt Luis neugierig. „Ich dachte dein Herz gehört Alberto!" Womit er auf Evas unerreichbare große Liebe, den berühmten Fußballer, anspielt.

Unsere beste Freundin richtet sich die Haare und schürzt die Lippen. „Natürlich. Morgen wollen wir schwimmen gehen." Das Wort schwimmen betont sie dabei so, als wäre es etwas besonders Unanständiges.

Die Sonne ist mittlerweile untergegangen und ich würde jetzt am liebsten losziehen und mit Luis zu

Admir. Oder alleine. Aber Hauptsache zu ihm. Nur, das geht nicht, weil er mich heute nicht braucht. Und Eva braucht mich auch nicht. Es ist ein komisches Gefühl, eifersüchtig zu sein und ich weiß, dass es kindisch ist, aber ich bin es.

Ich schicke Luis stumme Signale, dass ich mich freuen würden, wenn er heute Nacht mit zu mir kommen würde, aber entweder kapiert er sie nicht oder er hat einfach keinen Bock.

Wir verabschieden uns alle voneinander und ich trete den ledernen Ball mit einer Wucht nach Hause, dass ein Straßenköter verschreckt das Weite sucht, der auf dem Gehsteig an einem Kochen herumgekaut hat.

Admir

Als ich aufwache, sind die beiden Bottoms bereits unterwegs und leider nicht mehr bei mir. Ich strecke mich und meine allmorgendliche Latte pocht hart zwischen meinen trainierten Schenkeln. Ich kratze mir den rasierten Sack und schnaufe, weil mit klar wird, dass mir wohl nichts anderes übrigbleibt als aufzustehen um aufs Klo zu gehen und dort zu pissen.

Ich schlurfe ins Bad und pisse mich leer. Ich schnaufe, als ich feststelle, dass eine gute Ladung Pisse neben die Klomuschel geht und spüre, dass mein Ständer nicht im Geringsten daran denkt, sich zu verkleinern. Ich gehe zurück zu meinem Bett, werfe mich auf die weiche Matratze und greife mir mein Tablet. Wenn ich eines in den letzten Jahren realisiert habe, dann, dass ich zwar einer der größten Ficker der Welt bin, aber dass eine gute Selbstbefriedigung auch etwas ist, das man nicht vernachlässigen sollte. Denn es gibt sicherlich niemanden, der meinen Körper und dessen Bedürfnisse besser kennt als ich selbst. Ich öffne Pornhub, massiere meine Klöten und überlege mir, worauf ich keulen will. Ich schließe die Augen und konzentriere mich auf das geilste Erlebnis der letzten Tage und schnaufe, als ich feststelle, dass ich sofort Jaime vor mir sehe. Ich fahre mit meiner Hand tiefer und massiere den Übergang zwischen meinen Bulleneiern und dem Arsch. Mit der anderen Hand schließe ich Pornhub und gebe Jaimes Namen bei Google ein. Ich grunze, gehe auf den Reiter mit den Bildern und das erste Bild, das ich sehe, ist der junge Soccerboy zusammen mit einem Topmodel. Ich frage mich, was ich gerade eigentlich tue, realisiere dann aber, wie perfekt der Anzug an Jaimes Körper klebt. Mein Pisser zuckt.

Ich klicke mich durch die Bilder bis ich ein Bild finde, auf dem Jaime ohne T-Shirt, verschwitzt nach einem Spiel, ein Interview gibt und ich präge mir das Bild gut ein, schließe die Augen und wie von alleine wandert mein Finger noch tiefer und ohne darüber nachzudenken, schiebe ich mir langsam meinen Mittelfinger in den kleinen engen Muskel. Ich wichse meinen pochenden Schwanz, während ich mich selbst sanft ficke. Vor meinem inneren Auge sehe ich Jaime. In Action auf dem Rasen. Ich sehe wie er zu mir in die Dusche kommt, wie ich zu ihm aufschauen muss, während ich seinen Saft schlucke und wie der arrogante Nachwuchskicker seinen Pralinenarsch aus dem Duschraum entfernt. Ich grunze und spüre

wie viel zu schnell das Sperma aus meinen Eiern schießt und meinen kompletten Oberkörper einsaut. Ich ziehe den Finger aus meinem Arsch und öffne die Augen wieder. Ich sehe das Foto von Jaime auf dem Bildschirm und ich habe das Gefühl, dass er mich die ganze Zeit über beobachtet hat und jetzt auf dem Foto noch breiter grinst als zuvor.

Ich stemme mich aus dem Bett und ein Blick auf die Uhr verrät mir, dass es schon kurz nach zehn Uhr ist. Ich gehe mich duschen und beschließe danach noch kurz in der Innenstadt zu frühstücken, bevor ich um zwölf zum Trainingsplatz fahre.

Der Trainer hat für heute Nachmittag ein Training angesetzt und ich denke, dass es nicht die schlechteste Idee ist, nach dem Training ein paar klärende Worte mit Jaime zu besprechen.

Ich packe meine Sporttasche und starte dann frisch geduscht in Richtung Stadt. Recht schnell entdecke ich ein nettes Café am Straßenrand. Ich parke meinen Wagen und suche mir einen Platz im Schatten, wo mich auch nicht jeder sieht, denn ich habe aktuell keinen Bedarf an Paparazzi oder aufdringlichen Fans. Ich greife mir die schon etwas abgegriffene Speisekarte und entscheide mich für ein Croissant mit scharfer Salami, eine Portion Rührei mit Speck und einen großen Gâlao. Der Kellner ist verdammt süß, ich denke etwa 25 Jahre alt und er trägt ein weißes Hemd, eine schwarze Stoffhose mit einer schwarzen Schürze. Er notiert meine Bestellung, starrt mich an, als wäre ich ein Alien und serviert dann aber professionell das Frühstück ohne mich groß anzulabern, was ich ihm sehr hoch anrechne. Meine Zufriedenheit mit dem großzügigen Frühstück und dem diskreten Kellner zeige ich, indem ich beim Bezahlen den Rechnungsbetrag verdopple und ich glaube, dass der Kellner aufgrund des immensen Trinkgeldes fast zu atmen vergisst.

Ich steige wieder in meinen Wagen und fahre zum Trainingsplatz. Wie es der Zufall will, parkt direkt neben mir Jaime. Perfekt, denke ich und deute dem süßen Nachwuchskicker, dass er kurz warten soll.

„Hey, Großer, alles klar?", fragt er und grinst dabei gleichzeitig so arrogant und unschuldig, dass ich nicht weiß, ob ich ihm eins in die Fresse hauen will oder ob ich ihn lieber küssen sollte.

„Ich denke, wir haben da was zu klären. Hast du Bock, nach dem Training noch auf ein Bier mit zu mir zu kommen? Wäre mir ziemlich wichtig", sage ich, ohne lange um den heißen Brei herumzureden

„Klar, warum nicht", erwidert Jaime und wir gehen zusammen in Richtung Trainingsgelände. Jaime und ich verhalten uns professionell wie immer. In der Umkleide reden wir kaum miteinander, denn keiner muss mitbekommen, dass zwischen uns etwas läuft. Zumal ich es selbst noch nicht einmal kapiere. Ich kann nicht anders als Jaime beim Umziehen zu beobachten und ich muss mich ziemlich zusammenreißen, um bei dem Anblick und die Erinnerung an die Aktion von gestern keinen Harten zu bekommen. Das Training selbst ist anstrengend und fordernd, was ich persönlich sehr begrüße und Jaime und ich versuchen uns nicht in die Quere zu kommen. Nach gut zwei Stunden hat der Trainer ein Einsehen, dass wir langsam an unsere Grenzen kommen und ich schnaufe, als er Jaime dazu einteilt, die Leibchen und die Bälle einzusammeln, aber mir ist auch klar, dass der Trainer das macht, um Jaime in seine Schranken zu weisen.

Ich dusche mich zusammen mit den anderen und ziehe mir meine Straßenklamotten an. So bin ich schon fertig, als Jaime die Umkleide betritt und mich mit großen Augen anschaut. Ich packe meine Tasche und kann nicht anders als Jaime aus den Augenwinkeln dabei zu beobachten, wie er sich auszieht. Ich steife sofort in meiner Shorts auf, als mein Kollege nackt an mir vorbei in Richtung Dusche läuft.

Ich richte unauffällig meine Latte in der Hose, gehe mit zwei Kollegen zum Parkplatz und setze mich in mein Auto. Ich drehe das Radio auf und warte auf Jaime, der nach etwa 20 Minuten in einem Muskelshirt und einer weißen Shorts auf den Parkplatz kommt.

Der Parkplatz ist inzwischen fast komplett leer und Jaime stellt sich zu meinem Seitenfenster.

„Du lässt auch nichts anbrennen, oder?", grunze ich und betrachte mir die knallengen Klamotten und registriere Jaimes breites Grinsen.

„Fahr mir nach", lautet meine klare Ansage und Jaime nickt nur und steigt in seinen alten Kleinwagen. Ich fahre durch die Stadt und parke in der Tiefgarage des Wohnhauses. Mit dem Lift fahren wir gemeinsam hoch in mein Appartement.

Mein Puls ist unnatürlich hoch und mein Herz schlägt schneller, als Jaime sich in meiner Wohnung umsieht.

„Na da merkt man, dass du es geschafft hast. Respekt! Krasse Bude!" Mein Kollege genießt den herrlichen Ausblick auf die Stadt. Ich stehe hinter ihm und betrachte seine Rückseite. Ich muss meine Lippen fest aufeinanderpressen, um nicht hemmungslos zu sabbern.

„Du wolltest reden?", fragt Jaime direkt, ohne mich dabei anzuschauen und wirkt dabei so entspannt, dass es mich schon wieder nervt.

„Klar, es wird dich sicher nicht überraschen, dass ich nach der Aktion gestern Redebedarf habe. Ich denke, du hast eine Menge schlaue Sachen gesagt gestern, aber ich denke, dir ist auch klar, dass es nicht so laufen wird, wie du es dir vorstellst." Ich drücke mich ganz nah an den jungen Soccerboy ran. Ich schnuppere an Jaimes Nacken und rieche eine zarte Moschusnote, ein Duft, welchem ich kaum widerstehen kann.

Ich presse meinen durch den Stoff der Shorts pochenden Schwanz ungeniert an den prallen Arsch meines Kollegen. Ich kann spüren, dass Jaime, den ich bisher immer als sehr selbstsicher erlebt habe, nervös zittert.

„Versteh mich nicht falsch, du hast sogar verdammt recht damit, dass wir uns gegenseitig sehr von Nutzen sein können. Allerdings sollte dir dabei klar sein, dass ich deutlich mehr riskiere als du und dass ich da bin, wo du hinwillst. Also solltest du ziemlich schnell von dem Gedanken Abschied nehmen, dass du in dieser Konstellation das alleinige Sagen hast", flüstere ich in aller Deutlichkeit und ziehe dem jungen Bengel das Muskelshirt über den Kopf. Die Hitze, die zwischen uns herrscht, raubt mir den Atem. Ich reibe meinen Hammer gierig an seinem prallen Bubblearsch.

Jaimes Körper hat eine Qualität, wie es sie nur selten gibt. Seine Haut hat perfekte dunkle Farbtöne, an den Hüften befindet sich minimaler Babyspeck und der Rest des Körpers ist perfekt definiert, hat aber

auch keinen Muskel zu viel. Ich greife Jaime an den Hüften und drehe ihn um. Ich nehme mir dieses Mal alle Zeit der Welt, um Jaime genau zu mustern. Wurde ich bei unserer letzten Begegnung eher überrumpelt und hatte gar nicht die Zeit, den Körper ausgiebig zu scannen, ist die Zeit diesmal auf meiner Seite. Ich streife über die dunkelroten Brustwarzen und schaue Jaime in seine wunderschönen saphirblauen Augen. Ich sehe wie der nervös seine Lippen aufeinanderpresst und habe ich mir eigentlich vorgenommen, Jaime zu zeigen, wer von uns beiden die Hosen anhat, so kann ich doch nicht anders als dem jungen Schönling meine Lippen sanft auf seine zu drücken. Was meinen Kollegen wohl so überrascht, dass er einen Schritt nach hinten macht. Ich schaue Jaime fragend an und sehe eine Unsicherheit, die ich vorher noch nie an ihm wahrgenommen habe. Dann geht plötzlich alles ganz schnell. Jaime nähert sich mir wieder, schwer atmend und drückt mir seinen Mund auf meinen. Innerhalb von Sekunden ringen unsere beiden Zungen miteinander, aber sie ringen nicht wie erwartet um die Vorherrschaft, sondern sie tanzen aus purem Verlangen. Ich schicke meine Hände auf Erkundungstour und versuche mit meinen Fingern jeden Zentimeter des makellosen Körpers zu ertasten. Bis ich meine Hände auf den süßen Shortsarsch lege und damit beginne die beiden traumhaften Halbkugeln zu kneten.

Ich beiße Jaime in die Unterlippe, etwas fester als liebevoll und grunze, als der sonst so selbstsichere Jaime ein eher unmännliches Geräusch von sich gibt.

Ich greife mir den Bund von Jaimes Shorts und ziehe sie langsam herunter. Sein stolzer Pisser ploppt steinhart heraus.

„Das hast du dir so gedacht", murmle ich grinsend und befreie mich jetzt selbst von Muskelshirt und Shorts. Wohlwollend nehme ich zur Kenntnis, dass Jaime damit beginnt, meinen Körper Millimeter für Millimeter zu mustern, zu streicheln und es ist nicht zu übersehen, wie bei dem Anblick der Schwanz des jungen Adonis wild zuckt.

Ich greife Jaime sanft an den Hüften, gebe ihm einen weiteren sinnlichen, langen Kuss und drehe ihn dann so herum, dass er den wahrscheinlich besten Ausblick über den Dächern von Buenos Aires hat, auch wenn er vermutlich gerade andere Gedanken im Kopf hat. Ich streife langsam und flüchtig seine Wirbelsäule entlang und genieße das sanfte Zittern und atme den Duft seines Aftershaves tief ein.

Ich gehe auf die Knie, betrachte mir die beiden prallen Backen, schiebe mein Gesicht dazwischen und lecke über die kleine, sehr verletzlich aussehende Fotze. Je intensiver ich meine Zunge ins Innerste von meinem Kollegen versenke, umso heftiger schüttelt es ihn.

Ich bin verwundert, wie unkompliziert sich das alles mit Jaime gestaltet, hatte ich mir doch alles Mögliche ausgemalt, wie dieser Abend verlaufen könnte, aber aktuell gibt es keinen Zweifel mehr daran, was als nächstes passieren wird. Mein Schwanz produziert Unmengen an Vorsaft bei dem Gedanken, dass er schon sehr bald das Allerheiligste des attraktiven Boys erobern wird.

Ich genieße es, wie sehr sich Jaime unter den Berührungen meiner Zunge windet. Und auch wenn ich es nicht zu hundert Prozent weiß, so bin ich mir doch ziemlich sicher, dass er zum ersten Mal in seinem Leben eine Zunge erlebt, die ihm seinen Schließmuskel weich leckt.

Jaime zuckt und zittert. Auf seiner Haut hat sich inzwischen ein dünner Schweißfilm gebildet. Ich lasse meine rechte Hande nach vorne wandern und packe sanft die fetten Eier. Als ich mit meinem Handrücken Jaimes Eichel streife, ist es, als würde ich einen tropfenden Wasserhahn berühren.

Jaimes Pisser ist so hart, dass man damit vermutlich eine Tür aufhebeln könnte und steht damit meinem Prachtkolben in nichts nach.

Ich knete Jaimes Klöten und die Penetration selbiger und der des Schließmuskels lassen den jungen Kicker so derb zittern, dass ich etwas Angst habe, dass er mir gleich umkippt.

Um dieser Möglichkeit vorzubeugen, lasse ich von Jaimes Eiern ab, stelle mich auf und drücke meinen vor Verlangen und Gier pochenden, nassen Schwanz direkt an die jetzt schön weiche Fotze.

„Admir, ich …", beginnt Jaime einen Satz und da ich gerade keinen Bock auf Smalltalk habe, lege ich direkt meine Hand auf sein Maul und Jaime zuckt erschrocken zusammen.

„Irgendwann ist immer das erste Mal", entgegne ich grunzend und versenke meinen stolzen Schwanz in Jaimes perfekten Arsch. Sofort krampft das Innere von Jaime und ein paar Tränen laufen über meine Hand.

Ich halte kurz still, gebe Jaime Zeit, sich an seine neue Rolle und meinen Schwanz in seinem Arsch zu gewöhnen. Erst nach ein paar Augenblicken, in denen nur unser tiefes Atmen zu hören ist und Jaimes leises Schluchzen, fange ich damit an ihn sanft aufzubocken.

Ich nehme meine Hand von Jaimes Maul und sofort treffen sich unsere Lippen und wir küssen uns wieder leidenschaftlich.

„Ich denke, wir haben ein Deal, Kleiner", sage ich grinsend und Jaime verdreht vor Schmerz die Augen, als ich den Takt verliere und mein Schwanz aus seinem Arsch ploppt, woraufhin ich ihn wenige Sekunden später wieder versenke.

„Nicht ganz so wie ich es mir vorgestellt habe, aber okay", keucht mein Kollege und verzieht dabei seine süßen Lippen zu einem Schmollmund.

Ich grunze laut, denn die kleine Ratte ist einfach zu süß und so passiert es auch, dass sich meine Eier plötzlich zusammenziehen und ich Jaimes Premiumarsch flute.

Ich brauche etwas, um wieder zu Luft zu kommen und dann grinse ich Jaime an. „Seinen ersten Ficker vergisst man nie", töne ich angeberisch.

„Das hoffe ich doch", entgegnet Jaime und wieder küssen wir uns ausgiebig.

„Ich gehe davon aus, dass du heute Nacht hierbleibst?", frage ich Jaime und anstatt mir zu antworten, greift er sich meine Hand, zieht mich in Richtung Schlafzimmer und wirft mich bäuchlings aufs Bett.

Innerhalb von ein paar Sekunden hat Jaime über mir Stellung bezogen und grinst mich an.

„Ich hoffe, du hast nicht gedacht, dass es in Zukunft nur in eine Richtung geht!" Jaime macht sich schwer und im nächsten Moment spüre ich bereits, wie er seinen bockharten Schwanz in meinem Innersten versenkt. Ich quieke auf, will protestieren, aber dann dreht Jaime meinen Kopf so, dass er seine Zunge in mein Maul schieben kann und mich so auf stumm schaltet. Spätestens jetzt ist klar, dass wir beide in

dieser Nacht nicht sehr viel schlafen werden und außerdem bin ich mir sicher, dass Jaime der perfekte Mann ist, um Bruno einem finalen Test zu unterziehen.

Bruno

Als ich am nächsten Tag ziemlich müde und genervt von der Arbeit heimkomme, wartet Maria schon in der Küche auf mich, um mir einen Vortrag zu halten. Ich habe eigentlich keine Lust, mich zu rechtfertigen, warum ich so wenig zuhause bin, immerhin bringe ich auch gutes Geld heim und dass wir das brauchen können, weiß auch sie nur allzu gut. Allerdings verspreche ich, Santiago bei den Hausaufgaben zu helfen und die Bettwäsche von meinem Vater zu wechseln. Er schläft, als ich in sein abgedunkeltes Zimmer gehe und versuche, den Geruch nach Krankheit und Verfall auszublenden. Wenn mein Dad mit mir redet, verstehe ich oft nur die ersten Silben der Wörter, die aus seinem Mund kommen. Den Rest verschluckt er oder er ist zu schwach, um sie vollständig auszusprechen. Es tut weh, ihn so zu sehen, aber es ist mein, unser Alltag geworden. Ich beeile mich, weil ich weiß, dass ich heute wieder zu Admir darf. Ich mache mir ein bisschen Sorgen um meinen Job, einfach weil das in meiner Natur liegt und weil ich befürchte, dass der Star sich mittlerweile gut einlebt und sich in Buenos Aires anscheinend recht gut zurechtfindet. Was natürlich auch bedeutet, dass er alternative Möglichkeiten kennenlernt. Argentinien hat feurige, temperamentvolle Frauen zu bieten, wilde, hemmungslose Burschen und so wie seine Attitüden sind, kann er auch beides auf einmal haben, wenn er möchte.

Ich erledige meine Pflichten so schnell ich kann, laufe anschließend nach Battio und habe ein schlechtes Gewissen, weil ich Luis nicht mitnehme. Ich bin nicht eifersüchtig und er wird immer mein bester Kumpel bleiben, aber es ist meine Arbeit, dem Soccerprofi zu dienen und dummerweise empfinde ich mittlerweile so viel für ihn, dass ich nicht mehr weiß, wo der Job aufhört und die Herzensangelegenheit beginnt.

Admir lässt sich Zeit damit, mir die Tür zu öffnen. Als ich ihn nackt vor mir sehe, bekomme ich sofort weiche Knie.

„Sorry, Kleiner, war grad im Bad. Komm rein!" Wasser tropft vom Kinn des jungen Adonis und er macht eine einladende Kopfbewegung. „Heute solo?"

Ich nicke. „Hätte ich Luis mitbringen sollen?"

Admir zuckt mit den Schultern und rubbelt sich mit einem anthrazitfarbenen Frotteehandtuch die Haare trocken. „Och, zwei Bengel sind immer besser als einer!" Dabei grinst er verschlagen. „Heute habe ich allerdings nicht viel Zeit. Treffe mich später noch mit einem Kumpel, wollen in einen neuen Club, der erst letzte Woche eröffnet hat."

Die Ansage trifft mich unerwartet hart. Himmel, Bruno, was bist du nur für ein erbärmlicher Wurm!

„Soll ich schnell die Hausarbeit erledigen und etwas kochen?", frage ich mit belegter Stimme.

Admir dreht sich kurz um und mir stockt der Atem, als ich sein Heck bewundere. „Hausarbeit gerne, kochen nicht nötig."

Ich schlucke trocken. „Oh."

„Wie geht's deinem Besten?"

Ich gehe in Richtung Badezimmer, um die Schmutzwäsche einzusammeln. „Glaub, der wäre eh gerne mitgekommen." Ich lache und seufze gleichzeitig. „Dem geht's gut. Stählt bestimmt seine Muskeln auf dem Bau."

Admir gibt mir einen festen Klaps auf den Arsch, als ich an ihm vorbeigehe. „Er ist süß. Definitiv brauchbar und fuckable. Warum warst du eigentlich so schüchtern, was ihn betrifft? Er hat mir nie den Eindruck gemacht, dass er ein Spielverderber ist."

Ich greife mir den Haufen mit Socken, Shirts und Shorts und strecke dabei den Arsch in die Höhe. „Das nicht, aber ich hatte Angst, dass es unsere Freundschaft zerstört."

Der Starkicker schnauft leise. „Junge, Junge, auch Sklaven dürfen ein bisschen Selbstbewusstsein haben." Mit diesen Worten geht er ins Schlafzimmer und ich konzentriere mich aufs Erledigen der Hausarbeit. Schnuppere immer wieder an den verschwitzten Klamotten, bevor ich sie in die Trommel der Waschmaschine werfe und frage mich ununterbrochen, mit wem Admir so viel Freizeit verbringt.

Ich weiß, dass es mir nicht zusteht, danach zu fragen, deshalb kann ich nur meiner Phantasie freien Lauf lassen. Vielleicht ein Straßenjunge? Wohl eher nicht, er könnte so viele haben, und ich wette, dass er das sehr genau weiß. Allerdings wird er vorsichtig sein müssen, nicht jeder ist so diskret wie ich und wie heikel das Thema Fußball und Schwule ist, weiß man bestimmt überall auf der Welt.

Nachdem ich mit Staubsaugen, Fußboden schrubben und dem Putzen der sanitären Räumlichkeiten fertig bin, wasche ich mir die Hände und hänge die Wäsche zum Trocknen auf. Admir hat in der Zwischenzeit zwei Mal telefoniert, auf seinem Laptop gearbeitet und nebenbei den Fernseher mit einem Fußballspiel laufen lassen.

Ich höre ihn pfeifen und schlurfe mit gesenktem Kopf ins Wohnzimmer. Admir sitzt breitbeinig im Fauteuil, trägt nur ein weißes Muskelshirt, keine Shorts und deutet auf den Platz zwischen seinen Füßen. Sofort klopft mein Herz schneller und ich knie mich vor dem Junggott nieder. Er wuschelt mir durchs Haar und greift mich mit der rechten Hand an Wange und Kinn. Streichelt mich zuerst sanft, dann grob, fährt mit seinem Daumen hart über meine Lippen, schiebt sie beiseite und drückt mir zwei Finger ins Maul.

Ich grunze, winde mich etwas und bekomme die unbändige Kraft dieses Kerls zu spüren. Sein Pisser ragt kerzengerade in die Höhe und auf der Eichel perlt gerade ein Tropfen Vorsaft aus dem Pissschlitz.

Admir hebt seinen linken Fuß und ich verstehe natürlich, was er möchte.

Vorsichtig ergreife ich den kostbaren Fuß, der schon so viele Tore geschossen hat, drücke ihn mir direkt in die Fresse und lecke der Länge nach über die Sohle. Für ein paar kurze Momente vergesse ich meine Sorgen und Ängste und genieße es einfach, wie sich die Macht, die Admir besitzt, anfühlt. Ich stülpe

meine Lippen über den großen Zeh, lecke und sauge ihn tief bis nach hinten an meinen Gaumen. Entspanne etwas und fange damit an, die Zwischenräume der anderen Zehen zu lecken, sperre meinen Kiefer so weit auf, um den ganzen Fuß zumindest teilweise in mein Maul zu bekommen. Es schmerzt, weil Admir sehr große Füße hat, aber ich bemühe mich und lasse es zu, dass der Star sanft erste Fickbewegungen mit seinem prächtigen Fuß macht. Ich würge, lehne mich etwas zurück, als er vollständig die Kontrolle übernimmt. Stütze mich mit den Armen rücklings ab und reiße die Augen weit auf, als Admir seinen rechten Fuß hebt, um damit meine Beule zu massieren.

Ich bin hart seit dem Moment, als er die Türe heute aufgemacht hat. Ich kann gar nicht anders als ihn zu verehren, ihn anzubeten.

Umso schockierter bin ich, als ich die Augen schließe, mir das Maul mit seinem Fuß ficken lasse und plötzlich einen Tritt in meine Eier kassiere, dass mir Hören und Sehen vergeht. Ich kann aber weder schreien, noch mich wehren, denn einerseits hat Admirs Fuß mich gut im Griff und andererseits will ich den Schmerz, will das Gefühl, sein Eigentum zu sein. Sein Spielzeug, mit dem er alles machen kann, was er möchte.

Ich weiß, dass sich im Schrittbereich meiner Shorts ein dunkler Fleck bildet. Ich bin rattig wie ein Rudel Wölfe und winsle laut. Wimmere. Heule. Sehe verschwommen, als ich kurz blinzle, dass Admir sich einen runterkeult, während ich hier leide. Ich sehe, wie es plötzlich hell wird und brauche etwas, um zu realisieren, dass das Blitzlicht seines Smartphones auf mich gerichtet ist. Der Teufel macht Fotos, wie er mich dominiert und quält!

Meine Wangen sind nass von den Tränen, meine Klamotten durchgeschwitzt, ich befinde mich am Rande des Wahnsinns, weil die Mischung aus Lust und Schmerz berauschend wie eine Droge wirkt.

Von einer Sekunde auf die andere lässt der Druck auf mich nach und Admir erhebt sich. Er packt mich am Schopf, spuckt mir in die Fresse und knurrt. „Kleine Drecksau!"

Dann hängt er seine beiden Daumen rechts und links in meine Mundwinkel, sperrt gewaltsam meinen Kiefer weit auf und jagt mir seinen knochenharten Brecher bis zur Hälfte in die Kehle. Ich zucke, meine Hände rudern in der Luft, als würde ich versuchen, schwimmen zu lernen.

Admir merkt, dass ich alles tue, um seinen Bedürfnissen zu entsprechen. Ich schlucke und lasse ihn auch die zweite Hälfte seines krassen Pissers in meinen Hals schieben.

Jetzt greift er meinen Hinterkopf, damit ich nicht mehr ausweiche kann. Etwas, was ich zwar nicht tun würde wollen, aber mein Überlebensinstinkt mir befiehlt. Das Geräusch, wie die vollen Alphaklöten gegen mein Kinn klatschen, der Schwanz meinen Hals erobert und ich um etwas Gnade wimmere, mehr erstickt als sonst irgendwas, muss ihn zu Höchstleistungen anspornen. Denn die Stöße werden brutaler, noch präziser und degradieren mich zum devotesten Sexspielzeug, das die Welt je gesehen hat. Kurz kommt mir der Gedanke, dass es eine kleine Hilfe wäre, wenn Luis jetzt hier wäre. Dann würde ich nicht die ganze Aggression abbekommen, die in diesem Top brodelt.

Admir zieht ein Stück raus und beim erneuten Reinstoßen, rutscht die Eichel im Inneren meines Mauls

rechts an der Kehle vorbei in die Innenseite meiner Backe. Der Alpha knurrt genervt, justiert meinen Schädel neu, hält mich am Hinterkopf gut fest und peilt meinen Hals an. Die nächste Attacke sitzt und die fette Eichel ploppt direkt in meinen Hals.

Ich fühle mich wie ein Spanferkel, das aufgespießt wird und sich schon in wenigen Minuten über offenem Feuer dreht und fröhlich dahinbrutzelt. Der Vergleich ist gar nicht mal so dumm.

Zwischendurch zieht Admir raus, rotzt mir fette Batzen Spucke direkt auf die Zunge, die ich gierig und erschöpft raushängen lasse und verpasst mir Ohrfeigen. Wenn er mir kurze Verschnaufpausen gönnt, trinkt er seinen Energydrink leer und drückt, als die Dose leer ist, das Aluminium geräuschvoll zusammen. Ich wage es nicht zu wichsen, obwohl es das ist, was ich am liebsten tun würde. Mir läuft der Schweiß in die Augen, so heftig schwitze ich mittlerweile.

Ich lechze nach dem weißen Gold, das der Star mir hoffentlich bald injizieren wird. Meine Energiereserven sind aufgebraucht und als seine Stöße unregelmäßiger werden, er seine Muskeln anspannt und seine Augenlider nervös zu flattern beginnen, weiß ich, dass er in der Zielgeraden ist.

Doch dann die bittere Enttäuschung. Admir zieht seinen Schwanz aus meinem Hals, keucht, wischt sich den Schweiß von der Stirn, schlägt mir hart ins Gesicht und kickt mich zu Boden.

„Ich muss dann los!" Er sucht seine Undie und lässt mich wie ein Stück Dreck liegen.

Ich zittere und richte meinen Unterkiefer, kurz um dessen Funktionalität bangend. „Wann darf ich wiederkommen?", stammle ich unsicher.

„Übermorgen", erwidert der arrogante Fußballer knapp. Zieht sich an und sucht nach seinen Autoschlüsseln.

Ungläubig schaue ich ihm nach, schockiert darüber, wie kalt sein Verhalten innerhalb weniger Tage geworden ist. Halte aber natürlich brav meine Schnauze. Will gerade aufstehen und mich verabschieden, als der Soccerpro innehält und leise flucht.

„Damn, kleinen Moment noch." Er kommt auf mich zu.

In mir keimt die Hoffnung, dass er mich mit einer zärtlichen Geste belohnt. Mich vielleicht lobt oder etwas Nettes sagt.

Stattdessen stellt er sich breitbeinig vor mich hin, holt seinen halbsteifen Kolben aus der Hose und öffnet mit den Fingern seiner linken Hand unsanft mein Maul. Wortlos legt er seinen Brecher auf meine Zunge und fängt zu pissen an. Ich bin so überrascht, dass die ersten Tropfen danebengehen. Aber dann konzentriere ich mich und trinke.

Admir nimmt keine Rücksicht, ob ich mit dem Schlucken nachkomme. Es scheint ihm auch egal zu sein, dass sein edler Vinylboden eingesaut wird, wenn ich mich verschlucke.

Der Star pisst sich leer, schüttelt ab, tätschelt mich kurz, packt seinen Schwanz wieder ein und geht zur Tür. „Wir sehen uns! Wenn du dich als würdig erweist, mein fixer Sklave zu werden, deinen anderen Job kündigst und alle deine Rechte und deinen Willen aufgibst, bekommst du beim nächsten Mal vielleicht den Wohnungsschlüssel. Bleib sauber, Kleiner!"

Admir

Mir ist klar, dass Bruno enttäuscht ist, aber er muss lernen und kapieren, dass es nicht meine Aufgabe ist, dafür zu sorgen, dass er sich gut fühlt, sondern es seine Aufgabe ist, dass ich mich gut fühle und er mir die Drecksarbeit abnimmt. Und wenn es erforderlich ist, sich auch um mein allgemeines Wohlbefinden kümmert.

Ich fahre direkt zum *Under Pressure*, dem neuen und vermutlich edelsten Club in ganz Buenos Aires und parke meinen Wagen direkt vor dem Gebäude. Ich grinse, als ich sehe, dass Jaime bereits vor dem Club steht und auf mich wartet. Mein Kollege sieht auch heute wieder aus wie ein Calvin Klein Model, nur leider trägt er mehr als einen weißen Slip, wobei ihm die knallenge schwarze Cargohose und das weiße Muskelshirt mehr als gut stehen. Um seinen Hals trägt er eine stählerne Armeekette und ich grunze bei der Vorstellung, wie der junge Soccerboy in Uniform über eine Hindernisbahn gejagt wird und durch den Matsch kriecht.

Ich bemerke schnell, dass auch er mich genau mustert, als ich in meiner engen Stoffhose und dem weißen Hemd auf ihn zukomme und mir zur Begrüßung die Ghettofaust hinhält.

„Hey, Bro, fast pünktlich! Respekt!" Jaimes Stimme klingt ein bisschen zickig, er strahlt aber übers ganze Gesicht.

„Ach du weißt ja, immer Ärger mit dem Personal!"

„Spinner", erwidert Jaime und wir gehen auf den Türsteher zu. Vor dem Club hat sich bereits eine Menschentraube gebildet, welche aus überwiegend jungen Leuten besteht, die am Eingang gescheitert sind. Einige tippen auf ihren Handys herum, vermutlich, um ihren Eltern zu schreiben, dass sie wieder abgeholt werden können, andere sitzen auf dem Gehsteig und saufen sich mit billigem Fusel den Frust weg. Einige stehen da und versuchen noch den Türsteher davon zu überzeugen, dass sie eine Bereicherung für den Club sind.

Jaime übernimmt die Initiative und geht voran. Ich mustere den Türgorilla aus ein paar Metern Entfernung. Das Tier ist sicher zwei Meter groß, hat um die 130 Kilo und der Anzug, den er trägt, ist auch mit Sicherheit nicht von der Stange. Soweit so gut. Leider schaut das Gesicht des glatzköpfigen Kampfkolosses aus, als wenn er ein paar Mal zu oft eine Faust abbekommen hat, also vom Body her Fickbar, allerdings nur, wenn man etwas hat, um die Fratze zu bedecken, Papiertüte oder so.

„Hey, alles klar", ist die innovative Gesprächseröffnung, die Jaime wählt und ich sehe, wie der Bodyguard meinen Brother from another Mother von oben bis unten mustert.

„Sorry, wir sind voll, nur noch für geladene Gäste", knurrt der Schrank von einem Kerl und seine Tonart nervt mich seit der Sekunde, in der er sein Maul aufgemacht hat.

Ich lege meinem Nachwuchskollegen meine Hand auf die Schulter und schiebe ihn beiseite.

„Gibt es ein Problem?", frage ich direkt und der Türsteher starrt mich an.

Der Guard zieht beide Augenbrauen hoch und räuspert sich. „Verzeihung, ich wusste ja nicht, dass er zu Ihnen gehört", entschuldigt er sich sofort.

„Und ich weiß nicht, ob ich jetzt noch in diesen Club will. Ich meine, wenn meine Freunde an der Tür abgewiesen werden, kann ich mir auch einen anderen Platz suchen, wo ich mein Geld ausgebe." Ich zucke gleichgültig mit den Schultern. Obwohl ich es ja eigentlich sehr genieße, wenn nicht jeder dahergelaufene Idiot in einen Club kommt, so will ich dieser Hackfresse eine Lektion erteilen.

„Sir, Sie wollen doch auch nicht, wenn Sie im Club sind, dass ich jeden …", beginnt der Türsteher sich zu rechtfertigen.

„Jeder was?", schnaufe ich gespielt genervt und sehe, wie der Gorilla immer unsicherer wird und die Leute um uns herum zu lachen beginnen.

„Lass gut sein, Bro", beschwichtigt Jaime mich und geht an dem Guard vorbei in den Club. Der Türsteher hält uns die Tür auf.

„Willkommen im *Under Pressure*. Ich wünsche Ihnen eine gute Zeit", stammelt der verdutzte Mitarbeiter des Security Service, aber weder Jaime noch ich schenken ihm weiter Beachtung.

Bereits als die Tür aufgeht, wummern uns die Technobeats entgegen und auf einen Blick wird klar, warum dieser Club einer der angesagtesten Hot Spots in Buenos Aires ist. An den Wänden vibrieren die riesigen, technisch sehr ausgereiften Boxen und Subwoofer und die Beleuchtung ist atemberaubend. Die Tanzfläche in der Mitte ist riesig und umgeben von kleinen Logen, in denen sich die Gäste bedienen lassen können.

Durch den Laden laufen jede Menge Bedienungen, die alle dasselbe anhaben. Die Frauen tragen Hotpants und weiße Tops, die Jungs enge Shorts, Sneakers und durchsichtige Muskelshirts.

„Nice", grinst Jaime und packt sich an seine Beule.

„Jop, vielleicht finde ich ja hier was Nettes für zuhause", sage ich und spüre direkt Jaimes Ellbogen in meiner Hüfte.

„Glaubst du ernsthaft, ich setze alles auf eine Karriere und riskiere meine Zukunft, damit du hier mit einem der Nummernboys durchbrennst?" Jaime schaut mich gespielt schockiert an.

„Wer hat denn gesagt, dass ich einen für mich alleine will?", gebe ich frech grinsend zurück.

„Sau", knurrt Jaime.

Wir gehen auf einen leeren, kreisförmigen, vom Rest des Raumes etwas abgetrennten Raum zu, welcher einen guten Blick auf das Geschehen zulässt und setzen uns. Sofort kommt einer der süßen Serviceboys zu uns. Ich mustere ihn und mir wird ziemlich schnell klar, warum er den Job hier bekommen hat. Er nickt uns höflich und aufmerksam zu. Ich weiß nicht, ob er mich nicht erkennt oder einfach nur so professionell ist, dass er sich nichts anmerken lässt.

„Herzlich willkommen im *Under Pressure*. Ich bin Valentin, Ihre zuständige Bedienung für diesen Abend. Ich bin exklusiv für Ihre Loge zuständig und bin nur für Sie da. Darf ich Ihnen etwas zu trinken

bringen?" Die makellose Haut des Boys glitzert im diffusen Licht und der junge Körper strotzt nur so vor Muskeln.

„Wodka Red Bull für mich, bitte", sagt Jaime und leckt sich die Lippen.

„Dasselbe", ergänze ich nickend.

„Sehr gern", entgegnet der Bengel und schiebt seinen Knackarsch in Richtung Bar.

„Der Laden gefällt", stellt Jaime tief durchatmend fest. Ich schaue mich um und scheinbar hat wirklich jedes Separee eine eigene Bedienung. Die Musik ist eine Mischung aus House und lateinamerikanischer Musik.

„Nobel geht die Welt zugrunde." Ich entspanne mich und lehne mich zurück.

Jaime und ich schauen uns um und beobachten die Jungs und Mädels auf der Tanzfläche. Die Logen sind gut belegt und scheinbar wollen die Betreiber auch gar nicht mehr als diese mit zahlungskräftigen Gästen zu füllen. Die meisten sich auf der Tanzfläche Bewegenden sind deutlich überm Durchschnitt, was das Aussehen betrifft, immerhin muss es ja auch was zu erobern geben für die zahlende Kundschaft.

Ich grinse, als unser Boy, dessen Namen ich schon wieder vergessen habe, mit den Getränken retour kommt, diese perfekt serviert und dann neben unserer Loge stehen bleibt.

Ich mustere den Burschen genauer und ich sehe auch Jaimes gierigen Blick. Die enge Shorts beult an der richtigen Stelle gut aus, der Arsch ist perfekt geformt und unter dem durchsichtigen Muskeltop zeigen sich zwei trainierte Muskeltitten und ein flacher Bauch. Alles ist leicht behaart und so wirkt der Bengel vermutlich etwas älter als er in Wirklichkeit ist. Auch das etwas kantige männliche Gesicht mit dem Drei-tagebart wirkt extrem männlich und in meiner Hose pocht mein Schwanz und meine nach der geilen Anblasnummer mit Bruno immer noch randvollen Hengsteier brodeln. Ich entscheide mich dazu in die Offensive zu gehen und so ziehe ich meine Geldklammer aus der Tasche. Ich frage den Boy, wie hoch die Kosten für die bisherigen Leistungen sind.

Der Bursche verhält sich diskret und flüstert mir die Zahl ins Ohr. Ich zähle die Scheine ab und sofort wird mir klar, dass die meisten der vor dem Eingang stehenden Leute sich den Service hier sowieso nicht leisten könnten.

Ich gebe dem Twink das Geld und lege noch ein großzügiges Trinkgeld drauf.

So nimmt der Abend seinen Lauf. Wir beobachten das Geschehen auf der Tanzfläche, reden viel über die kommende Saison und trinken wahrscheinlich mehr als wir sollten.

Je mehr Zeit Jaime und ich miteinander verbringen, desto klarer wird, dass wir vollkommen auf einer Wellenlänge liegen und dass die Chemie zwischen uns nicht nur eine vorübergehende Laune ist.

„Du musst mir einen Gefallen tun", sage ich dann direkt zu meinem Kollegen und er wirkt überrascht.

Ich zeige Jaime die Fotos, die ich vorhin gemacht habe, als Bruno meinen Fuß und meinen Schwanz im Maul hatte und wie er verheult unter meinen Füßen liegt. Jaime massiert sich unter dem Tisch seine pralle Beule und grunzt.

„Kannst du vergessen, dass ich mich unter deine Feet leg, Alter", lacht Jaime.

„Ich hab" den Boy vor kurzem gefunden und habe ihn unter meine Fittiche genommen. Jetzt wird es Zeit zu testen, ob er mir wirklich treu ist. Wenn ja, überlege ich, ihn als meinen festen Sklaven zu behalten", erkläre ich.

„Dir ist schon klar, dass Sklavenhaltung verboten ist, oder?", fragt Jaime schmunzelnd.

„Das sagt der, der mich unter der Dusche halb vergewaltigt hat?"

„Na wirklich gewehrt hast du dich ja nicht. Daher denke ich war es keine kriminelle Handlung", erwidert Jaime keck und kneift mir so hart in den Oberschenkel, dass ich kurz zusammenzucke.

„Gewehrt hat Bruno sich auch nicht. Das ist also kein Argument", halte ich dagegen und bekomme statt einer Antwort die Ghettofaust meines neuen Bros.

„Und warum erzählst du mir das?", fragt Jaime neugierig.

„Na was denkst du wohl? Ich dachte als guter Bro übernimmst du das!"

„Du hast echt einen an der Waffel! Und wie soll das laufen?"

„Du machst das schon. Ich vertraue dir da voll und ganz. Ich meine, ist ja auch nicht zu deinem Nachteil, wenn du bei mir ein und ausgehst und da immer eine geile Sklavensau für den schnellen Druckabbau ist."

Ich sehe wie Jaime überlegt, dann grinst er breit und nickt.

„Und wo treffe ich die Sau?", hakt er nach.

„Er arbeitet morgens auf dem Markt in San Telmo. Ich denke das ist perfekt und unauffällig für eine erste Begegnung. Zumal er dich ja noch nicht kennt."

„Du hast wirklich an alles gedacht, oder?", grinst Jaime.

„Bin halt ein Profi!"

„Arsch! Apropos", sagt Jaime und deutet auf unseren Serviceboy.

„Übernehme ich", erwidere ich und stehe auf, um kurz pissen zu gehen. Als ich zurückkomme, winke ich unseren Bengel ran und ziehe mein Bündel Scheine aus der Hosentasche.

„Ich gehe davon aus, du kennst den Türsteher? Wenn du ihn zu uns holst und ihr beide unter unserem Tisch verschwindet und wir euch die Fressen ficken dürfen, bekommst du ein stattliches Honorar. Falls dein Kollege keinen Bock hat und sich nix dazu verdienen will, geben wir uns auch mit dir zufrieden", sage ich arrogant und drücke dem Burschen das Bündel Scheine in die Hand. Ich weiß, dass das, was der Kellner jetzt in der Hand hält, ein Vielfaches seines Monatsgehaltes ist. Der Boy ist jetzt merklich nervös und neben der Spur, nickt mir aber zu und ich sehe, wie er in Richtung Tür verschwindet. Ich gehe zu Jaime und er schaut mich fragend an.

„Weißt du, wo Valentin ist? Mein Glas ist schon wieder leer", fragt er.

„Jop, weiß ich", antworte ich, schaue in Richtung Eingang und sehe wie Valentin mit dem Türsteher redet.

„Ich gehe auch mal pissen. Hoffe, wenn ich wiederkomme steht hier ein neuer Drink", lallt Jaime, dem der Alkohol sichtlich schon etwas zugesetzt hat.

Bruno

Eigentlich ist es viel zu früh, um herumzualbern, aber Benicio zieht mich schon beim Auspacken der Waren auf und hat seinen Spaß mit mir.

„Kleiner, du siehst aus, als hättest du seit Tagen nicht mehr geschlafen. Hast denn seit Neuestem ein Mädchen?"

„Schnauze und hilf mir lieber, das Gemüse herzurichten", grummle ich und reibe mir die Augen. Ich habe letzte Nacht nur an Admir gedacht und wie traurig mich sein kühles Verhalten macht. Andererseits muss ich wohl einsehen, dass ich mir nicht mehr erwarten darf. Er hat mir nie Versprechungen gemacht, dass da mehr sein könnte als ein einfaches Dienstverhältnis. Aber warum fühlt es sich so tief und echt an, wenn wir uns küssen? Warum werde ich in seiner Gegenwart zu Butter, die zerfließt, willenlos und schwach? Ich bekomme allein beim Gedanken an ihn wieder weiche Knie und in meiner Shorts wird es sofort eng.

„Sieh du besser zu, dass du heute mal etwas mehr Umsatz machst. Was denkst du, wer die schlechte Laune von Carlos abbekommt, wenn du mal wieder schwächelst."

Ich staple die Päckchen mit Matetee übereinander und greife mir zwei Kürbisse. „Ich schwächle nicht, wir sind einfach viel zu teuer, aber das ist etwas, was Carlos aufgrund seiner Gier nicht versteht."

Benicio macht große Augen. „Hey, pass auf, was du sagst. Du weißt selbst, dass hier selbst der Boden, auf dem wir stehen, Ohren hat."

Ich zucke mit den Schultern.

Carlos' Laufbursche schaut mich eindringlich an. „Ich meine es ernst, ich weiß, dass unser Boss schon mehrmals erwähnt hat, dass er dich austauscht, wenn er jemand Neues findet."

Ich denke an die Chance, die Admir mir geben will, sein fixer Sklave zu werden und weiß im selben Moment, dass ich dann ausgesorgt hätte. „Ist mir egal", erwidere ich schnippisch.

Benicio wischt sich die Hände an seiner Hose ab. „Na musst du wissen. Ich hab' dich gewarnt."

Wortlos verrichten wir die restlichen Arbeiten, bis der Marktstand in seinem vollen Glanz erstrahlt und auch schon die ersten Kunden durch die Reihen schlendern.

Benicio verabschiedet sich und zieht weiter. Ich winke Sofia zu, die heute Geburtstag hat, gratuliere ihr und sie flüstert mir verschwörerisch zu, dass es heute Vormittag zur Feier des Tages Shrimpswraps gibt, die sie spendiert. Mein Magen knurrt wie auf Kommando und ich bediene die ersten Käufer.

Es ist ein Arbeitstag wie jeder andere auch, nur dass ich meine Gedanken und Phantasien kaum im Zaum halten kann. Auch geht mir die arrogante und spontane Pissaktion von vorgestern nicht mehr aus dem Sinn. Klar ist es erniedrigend und ja, es kostet Überwindung, aber die Macht, die Admir ausstrahlt, kickt und killt mich.

Gerade als ich einem jungen Mädchen eine Stange Maiskolben verkaufe, erblicke ich in meiner Nähe ein Gesicht, das ich hier noch nie gesehen habe. Ein Mischlingsbengel um die 20, dessen kurz geschorene

Haare und der definierte Body derb männlich wirken und so passiert es mir, dass ich abgelenkt bin und dem Mädchen falsches Wechselgeld herausgebe.

Sie lacht nur und macht mich auf den Fehler aufmerksam, ich entschuldige mich schnell, räuspere mich und mein Herz rutscht mir fast in die Hose, als der hübsche Fremdling in meine Richtung biegt.

Ich verhalte mich so cool und ruhig wie nur irgend möglich. Schlichte die Papiertüten und tue so, als würde ich ihn nicht beachten.

Der Bengel mustert mich von oben bis unten, macht auch gar keinen Hehl daraus, dass er sich scheinbar sehr für mich interessiert. Außerdem begutachtet er die Anhänger aus Kaffeekapseln, die mein kleiner Bruder gebastelt hat.

„Sind schön", murmelt er und nimmt einen davon in die Hand.

„Sind selbstgemacht", entgegne ich möglichst gleichgültig.

Der Bursche nickt anerkennend. „Von dir?"

Ich lächle. „Nein, mein kleiner Bruder macht die."

„Ich glaub ich nehm' zwei davon, kann sie gut als Geschenke brauchen."

„Gerne, brauchst du vielleicht ein Lederband dazu?" Ich erlaube mir, den Schönling etwas genauer anzuschauen. Seine Augen sind blauer als blau und es tut fast weh, diesen Blick zu erwidern. Die dunklen Augenbrauen haben etwas sehr Erhabenes, Edles.

„Du bist nicht von hier?", frage ich forsch, mehr als Feststellung denn als Frage.

Der Bengel lacht. „Nein, ich mache nur Urlaub. Aber es ist schön hier."

Jetzt bin ich es, der nickt.

Der Tourist drückt mir hundert Pesos in die Hand. „Der Rest ist für dich."

Ich verneige mich dankbar. „Danke, sehr freundlich." Mein Blick wandert seinen Körper entlang nach unten und ich kann gar nicht anders als seine kräftigen Waden zu bestaunen, die fast die gleiche Form und Beschaffenheit wie die von Admir haben.

„Du machst Sport", stelle ich beiläufig fest.

Die Mundwinkel des süßen Burschen gehen nach oben. „Bisschen. Man tut, was man kann, um fit zu bleiben. Aber du musst dich doch auch nicht verstecken."

Und dann tut er etwas, womit ich nicht gerechnet habe. Über den Verkaufstisch hinweg greift er den Saum meines ausgewaschenen T-Shirts, hebt es an und prüft meinen Bauch. Automatisch hole ich Luft, halte sie an und ziehe meinen ohnehin sehr flachen Bauch ein. Der freche Bengel fährt mit dem Daumen sanft über meinen Bauchnabel. Ich bekomme sofort Gänsehaut und beginne zu zittern.

„Also entweder bekommst du zu wenig zu essen oder du sportelst dir jeden Tag die Seele aus dem Leib", grinst der Fremde.

Ängstlich schaue ich mich um, ob uns wohl keiner beobachtet. Ich habe einen Kloß im Hals und brauche etwas, um sprechen zu können. „Ersteres." Ich kann nicht mehr atmen. Spüre Schwindel und wie mein Blutdruck in den Keller fährt und sofort wieder in ungeahnte Höhen peitscht. Mein steifer Pisser

schmerzt in der kurzen Hose und beult den Schrittbereich jetzt gut aus.

„Wie heißt du?", fragt der hübsche Lümmel.

Es hat mir die Sprache endgültig verschlagen. Ich schnappe nach Luft, bekomme aber kein Wort heraus.

„Erde an Marktboy!" Der junge Tourist lässt von meinem Shirt ab und wuschelt mir durchs Haar. Eine Geste, die so vertraut rüberkommt, als würden wir uns seit Ewigkeiten kennen.

„Bruno!", platzt es aus mir heraus.

„Ich bin Jaime, freut mich sehr, Bruno!" Der Mischling lächelt und entblößt seine schneeweißen Zähne. „Ich will dich nicht länger quälen. Wann hast du denn Feierabend?"

Mir schießt sämtliches Blut, das noch nicht in meinem Schwanz ist, in den Kopf. „Mittag!"

Ich frage mich ernsthaft, was hier los ist und warum mein Körper so derartig unter Strom steht.

„Mittag klingt gut", stellt Jaime fest. „Ich geb' dir mal die Adresse meines Hotels. Komm einfach vorbei, wenn du Bock hast. Würd mich ehrlich freuen." Er kritzelt mit einem Bleistift ein paar Wörter auf einen Schmierzettel.

Was zur Hölle?

„Wenn du noch länger so doof guckst, weil ich dich hier so direkt anmache, dann kann's passieren, dass ich dich zum Frühstück esse, du süße kleine Drecksau!" Jaime reibt sich den trainierten Bauch und durch das Bewegen des T-Shirts bekomme ich kurze Einblicke auf den perfekt gerillten Sixpack.

„Santa Maria im Himmel", stammle ich, als würde ich ein Gebet anfangen und mein Blick haftet auf der Körpermitte des attraktiven Burschen.

„Ne, ne, kein Grund, die Heiligen anzurufen. Wie gesagt, komm vorbei, du wirst es nicht bereuen!" Mit diesen Worten drückt er mir einen Zettel in die Hand, wünscht mir noch einen schönen Tag und lässt mich verdattert hinter meinem Gemüse und dem Fisch stehen.

Langsam fange ich wieder normal zu atmen an und mein Puls beruhigt sich. Ich bin so durcheinander, dass es ein kleines Wunder ist, dass ich keine gröberen Fehler mehr bei den restlichen Kundschaften mache und so befinde ich mich während der Stunden bis Mittag im ärgsten Gewissenskonflikt meines noch jungen Lebens. Der Zettel mit der Adresse ist schon feucht von meinem Schweiß, als ich ihn zum hundertsten Mal auseinanderfalte und wieder zusammenlege. Der vernünftige Teil von mir verbietet mir schon den Gedanken, diesen heißen Jungen zu treffen, die niedrigsten Instinkte in mir schreien jedoch förmlich, dass ich meinen Arsch nach der Arbeit in besagtes Hotel bewegen soll. Immer wieder denke ich an Admirs Worte und ich weiß, dass er mir die Chance meines Lebens gibt und dass ich es nicht verkacken darf. Andererseits erinnere ich mich daran, wie herzlos er in den letzten Tagen zu mir war, abgesehen vom Treffen, bei dem auch mein bester Kumpel Luis dabei war.

Dann wird mir wieder ganz warm ums Herz, wenn ich an das liebevolle Lächeln von Jaime denke, die gutmütigen Augen, in denen man sich verlieren kann und den göttlichen Körper.

Aber wie zum Teufel komme ich zu dem Glück, dass ausgerechnet ein Bursche aus der Oberliga sich dazu herablässt, mit mir zu flirten? Ich verstehe die Welt nicht mehr, konzentriere mich so gut es geht

auf meine Kunden und die Verkäufe und liefere kurz vor Mittag eine zum Glück fehlerfreie und saubere Tageskassa ab. Carlos verstaut das Geld, während ich mit Benicio die Waren einräume. Erst jetzt sehe ich den Wrap mit den Shrimps auf dem Tisch liegen, den Sofia mir vor einer Stunde geschenkt hat. Ich war so in Gedanken, dass ich ganz darauf vergessen habe ihn zu essen.

Ich laufe los, esse den Wrap auf dem Weg nach La Boca und ignoriere alle Warnungen meines Gewissens. Außer Atem biege ich in die Straße ein, wo das Hotel ist, in dem Jaime hoffentlich auf mich wartet. Ich werfe einen Blick auf den Zettel und schleiche mich so unauffällig wie möglich durchs Foyer. Zum Glück befindet sich der Lift auf der anderen Seite der Rezeption und da gerade reger Betrieb herrscht, fällt es niemandem auf, dass ein räudiger Straßenjunge den Weg nach oben sucht. Es ist zwar kein Ersteklasse-schuppen, aber jemand wie ich hat hier normalerweise nichts verloren.

Im vierten Stock marschiere ich mit laut klopfendem Herzen zur Tür Nummer 412, klopfe an und kippe fast um vor lauter Nervosität und Aufregung.

Fuck!

Jaime öffnet mit nacktem Oberkörper und in einem weißen Calvin Klein Slip.

„Hey, schön, dass du gekommen bist, Kleiner!" Mit einer einladenden Geste bittet Jaime mich ins Hotel-zimmer. Ich schaue mich kurz um, habe aber nur Augen und Ohren für den megaheißen Boy. Ich folge Jaime zur Couch, wir gehen an schlichten Kirschholzmöbeln vorbei und nach wenigen Augenblicken halte ich ein Glas mit Schaumwein in der Hand. Ich habe so etwas noch nie getrunken, kenne es nur aus dem Fernsehen und von Erzählungen her.

„Auf dich und dass du den Mut gefunden hast, der Einladung eines Fremden zu folgen!" Jaime prostet mir zu und zwinkert mit dem linken Auge.

Ich starre auf das Glas mit den Luftperlen und dem kostbaren Getränk und erwidere dankbar. Beim ersten Schluck erschrecke ich, weil der Sekt so lustig auf der Zunge und in der Kehle perlt, aber dann genieße ich es einfach.

„Du bist ja ganz durchgeschwitzt!" Jaime zupft an meinem Shirt herum und hilft mir dabei, es auszuzie-hen. „Runter damit!"

Ich stelle das Glas kurz ab. „Danke, vielen Dank", stottere ich.

Als wir uns so gegenüberstehen, drückt Jaime sich sanft an mich heran und ich spüre seinen wunderschö-nen Oberkörper, die steifen Brustwarzen und den Bauch, auf dem man locker Kartoffeln anbauen könnte.

Meine Knie versagen beinahe, als sich unsere Lippen berühren. „Nicht nachdenken", flüstert der Misch-lingsboy und steckt mir seine Zunge tief ins Maul.

„Anfassen erlaubt!" Mitten im Kuss lächelt der Bengel so unglaublich süß, dass in mir sämtliche Siche-rungen durchbrennen. Er nimmt meine Hände und führt sie an seine Brust und seine Hüften.

Ich zittere wie Espenlaub, als ich über die weiche, straffe Haut streiche. Die prallen Nips ertaste. Mein Daumen über die Linien streicht, die seine Lenden definieren.

Ich beiße und lecke und labe mich an jeder Sekunde, in der Jaime mein Maul mit seiner Zunge erobert.

Winsle leise und dankbar.

„Damn, bist du süß. Und so hot!" Der Bengel weiß definitiv, wie der Hase läuft und drängt mich mit kurzen, aber bestimmten Schritten zum Bett. Er schubst mich auf die Matratze und ich atme durch. Mit geschickten Handbewegungen befreit er mich aus meiner kurzen Hose und der Boxer, hält meine Füße fest, die ich kerzengerade in die Höhe ausstrecke und betrachtet meinen kleinen Arsch, den ich unaufgefordert anhebe.

Ich kann es kaum glauben, wie schnell mich dieser Bursche willenlos gemacht hat!

„Und da soll noch einer sagen, es lohne sich nicht, frühmorgens auf den Markt zu gehen!" Jaimes Augen funkeln. Er verschwendet kaum einen Blick auf meinen vor Geilheit tropfenden Schwanz. Er konzentriert sich einzig und allein auf mein Heiligstes.

Ich strample kurz mit den Beinen, um zumindest etwas Gegenwehr zu leisten, aber diese Geste nimmt er mir offenbar nicht ab.

Jaime schiebt meine Beine auseinander wie eine Schere und drückt sich dazwischen. Er steigt aus seiner Unterhose und schlägt mir seinen respekteinflößenden Schwanz direkt auf mein Gemächt.

Mein Atem stockt.

Jaimes Pisser tut schon beim ersten Anblick weh, weil ich erahne, was für einen Schmerz der Anstich verursachen wird. Die fette Eichel hinterlässt ein paar Tropfen Vorsaft auf meiner Haut.

Meine Kehle trocknet aus. Ich starre in sein unschuldiges, fast engelsgleiches Gesicht. Sehe darin aber pure Dominanz und echte Alphagene.

Ein kurzer Gedanke an Admir blitzt auf, aber mein Wunsch, Jaimes Wünsche zu erfüllen, ist jetzt einfach stärker.

Jaime stellt sich provokant direkt über mein Gesicht, hockt sich hin, zieht seine knackigen Arschbacken auseinander und ich muss kein Genie sein, um zu erahnen, was er möchte.

Sofort und ohne Widerrede hebe ich meinen Kopf etwas an, küsse den Arsch des jungen Adonis und lasse meine raue Zunge über die zarte Knospe lecken. Vorsichtig zuerst, dann aber rasch intensiver, fordernder. Ich schmecke Schweiß und herbe Männlichkeit, sauge mich an der Alphafotze fest und lasse meine Zungenspitze in den Muskel eindringen.

Jaime grunzt und sein Körper windet sich. Ich weiß, dass das ein gutes Zeichen ist.

Umso überraschter bin ich, als er mir nach ein paar Minuten seinen Arsch entzieht und mir direkt ohne Vorwarnung seinen Brecher in mein sabberndes Maul rammt.

Ich komme nicht mehr dazu, Luft zu holen, deshalb würge ich sogleich und kämpfe wie ein Erstickender.

Jaime weiß, was er tut. Soviel steht fest. Er bohrt seinen karamellbraunen Killer tief in meine Kehle und erreicht scheinbar mühelos meinen Hals. Ich sehe nur mehr Sterne und Blitze, kämpfe, röchle, pruste, heule. Es ist Himmel und Hölle gleichzeitig.

Admir

Es ist sicherlich nicht das, was mir als Superstar zusteht, aber ich halte mich zunächst im Hintergrund und beobachte vom Balkon aus durch das Fenster, wie mein Hausboy sich willenlos von Jaime benutzen lässt.

Ich sehe zunächst wie Jaime mich siegessicher angrinst, als er seinen prallen Soccerarsch auf das Gesicht von Bruno drückt. Sein beachtlicher Schwanz tropft und wippt geil auf und ab, als er seinen Arsch quer über die Fresse der kleinen Hure zieht. Jaime genießt es sichtlich, mir zu zeigen, was für ein leichtes Spiel er hat und auch wenn ich natürlich von Brunos Verhalten enttäuscht bin, so kann ich ihn trotzdem verstehen, denn ich glaube, es gibt kaum jemanden, der Jaime widerstehen könnte.

Jaime hat von Minute eins an die Oberhand und fickt dem Kleinen das Maul so hart und derb ab, dass ich nicht anders kann als meinen eigenen Pisser aus der Shorts zu holen und zu keulen. Die arrogante Drecksau fickt das Maul ohne Gnade, die Eier klatschen hart an Brunos Kinn und dabei spannt die Sau auch noch die Muskeln an und grinst immer wieder in meine Richtung. Ich sehe wie Bruno seinen verhältnismäßig kleinen Körper unter dem definierten Körper von Jaime windet und versucht den Attacken zu entkommen, doch Jaime lässt Bruno keine Chance.

Was mich ziemlich krass überrascht ist, dass Brunos Wurm dabei hart absteht, pocht und so heftig vorsaftet, dass ich kurz überlege ob der Straßenjunge bereits abgerotzt hat.

Auch Jaime ist das pulsierende Gemächt nicht entgangen, und so grinst er in meine Richtung und schlägt seinem krampfenden Opfer dann ohne Vorwarnung mit der flachen Hand auf die prallen Eier. Ich schlucke trocken und empfinde größten Respekt für meinen Kollegen. Es ist ein Bild für Götter, wie derb Jaime mit seinem Bottom umgeht. Scheinbar will er die Chance auch nutzen, um mir klarzumachen, was der Unterschied zwischen ihm und Bruno ist. Wobei er mir das nicht wirklich beweisen muss, denn mir ist sehr wohl klar, dass der Vergleich zwischen dem Straßenjungen und dem Nachwuchskicker unfair ist und hinkt. Umso erstaunter bin ich, dass es Bruno ist, der mein Vertrauen missbraucht hat, wobei Jaime meine Anweisungen so perfekt ausführt, dass ich bereits nur vom Zuschauen kurz vorm Abrotzen stehe. Ich gehe etwas näher an die einen spaltbreit offenstehende Balkontüre und höre jetzt, wie Jaimes Eier an Brunos Gesicht klatschen und wie der Bursche unter dem brutalen Fressenfick leise winselt und wimmert. Der Blick auf Jaimes geile Hüften und den perfekten Arsch werden sich für alle Zeiten in mein Hirn brennen, denn die Fickaction und die Geräusche, die Bruno von sich gibt, sind tausendmal geiler als alle Pornos, die ich auf meiner Festplatte habe.

Jaime zieht seinen fetten Fotzenspalter aus Brunos Maul. Ich höre den Straßenbengel husten, dann leise winseln und sehe, wie er sich seinen geschändeten Hals reibt. Jaime dreht Bruno auf den Bauch und kickt seinem Bottom brutal die Beine auseinander.

Bruno krallt seine Finger in die weiße Bettwäsche und versucht nochmals zu entkommen, aber Jaime packt die schmalen Hüften, kniet sich zwischen die Beine und klopft mit seinem Hengstschwanz

Jaime grinst fies und dann legt er das Kissen beiseite.

Bruno

Ich muss alles mit mir geschehen lassen. Ich habe nicht einmal die Zeit, herauszufinden, wer der zweite Top ist, der offensichtlich großes Interesse hegt, mein Innerstes gemeinsam mit Jaime zu erobern. Dicke Tränen kullern über meine Wangen.

Plötzlich spüre ich den warmen Atem des zweiten Alphas. Und wie er an mein Ohr geht, während in mir alles, was ich an Innereien habe, neu geordnet wird.

„So viel zum Thema Treue, du kleine Hure!"

Das Blut gefriert in meinen Adern. Nun kommt zum dumpfen, druckvollen Schmerz ein weiterer Schock dazu. Denn die Stimme, die soeben gesprochen hat, würde ich unter Tausenden wiedererkennen.

Wie in Zeitlupe rutscht das Kissen zwischen Jaime und mir weg, ich drehe meinen Kopf und blicke in die vor Wut und Geilheit funkelnden Augen von Admir.

Ich würde gerne ein paar entschuldigende, reumütige Worte sagen, aber das Höllenfeuer in meinem Arsch erreicht einen neuen Schmerzlevel.

Der einzige klare Gedanke, den ich fassen kann, ist jener, dass ich in eine Falle getappt bin. Und dass dieser Fehler alles zerstören wird, was ich mir vielleicht hätte aufbauen können.

Ich bilde mir ein, das Blut in den dicken Adern der Schwänze der beiden Hengste pochen und pulsieren zu spüren. In meinem Darm findet gerade ein Weltkrieg statt, beide Angreifer toben sich in mir aus, als gäbe es kein Morgen mehr.

Admir presst mir seine Hand quer übers Maul und hält mich zwischendurch auch die Nase zu, drückt meinen Kopf runter und küsst Jaime. Dieser erwidert gierig und die beiden ignorieren mich vollständig.

Es tut weh, den inniglichen Austausch von Zärtlichkeiten zu sehen, Gesten, die ich wohl nie wieder von Admir bekommen werde.

Im Geiste schimpfe ich mich selbst für meine Dummheit und dass ich auf einen Schönling wie Jaime hereingefallen bin. Eigentlich hätte ich wissen müssen, dass an der Aktion etwas faul ist!

Mir bleibt aber keine Zeit zum Denken, die zwei sportlichen Tops fordern mich aufs Äußerste. Es fühlt sich ein bisschen so an, als würde Hulk höchstpersönlich in meiner Fotze toben und wüten. Die geballte Power der zwei Junggötter bringt meine Vitalfunktionen beinahe zum Versagen. Ich winde mich, krümme mich vor Schmerz, heule, leiste jedoch keine Gegenwehr, weil es sowieso keinen Sinn hätte.

Die Burschen haben mich gut im Griff, händeln mich, als wäre ich ein wertloses Spielzeug. Nun begreife ich auch, wo Admir seine Freizeit in den letzten Tagen verbracht hat, wenn ich nicht bei ihm war. Ich schäme mich für meine Naivität und meine Dummheit.

Admir schraubt sein Tempo etwas zurück, nimmt den Druck ein wenig aus seinen Stößen, packt mich

am Schopf und wirbelt meinen Kopf herum.

Ich senke sofort den Blick, weil es mir so unangenehm ist, dass er mich hier so erwischt hat.

„Schau mir in die Augen, Sklavensau!"

Es kostet mich unendlich viel Überwindung, meinen Kopf wieder anzuheben und ihm in die Augen zu schauen.

„Weißt du, ich vertrete eigentlich die Meinung, dass selbst der schwächste und wertloseste Köter so etwas wie Stolz haben kann. Ehre. Prinzipien wie Treue seinem Herrn gegenüber. Wenn ich in dein Huren-gesicht schaue, sehe ich nichts davon. Du bist eine Enttäuschung für Deinesgleichen!"

Admir spuckt mir mitten in die Fresse. Ich zucke zusammen, nicht wegen der Spitaktion, sondern wegen der harschen Worte. Denen ich nichts entgegensetzen kann.

Ich lasse meinen Tränen freien Lauf und kassiere zwei harte Ohrfeigen, dass mir fast der Kopf von den Schultern fliegt.

Admir greift Jaime sanft und die beiden küssen sich erneut.

Dieses Bild ist wie ein Pfeil, der sich langsam und beständig tief in mein Herz bohrt. Als Admirs Stöße unregelmäßiger werden und ich das Keuchen höre, das darauf hindeutet, dass er sich in der Zielgeraden befindet, legt er seine Hände um meinen Hals und würgt mich.

Und ein Teil von mir wünscht sich, dass er nicht mehr damit aufhört.

Admir

Es gibt, glaube ich nichts auf der schwulen Welt, was zwei Tops mehr miteinander verbindet als Schwanz an Schwanz in einer heulenden Bitch zu stecken. Der Kuss mit Jaime ist sanft, respektvoll, verlangend und ich weiß, dass ich verdammt aufpassen muss, um mich nicht in den süßen Nachwuchskicker zu verlieben.

Ich weiß nicht warum, aber Jaime hat innerhalb der paar Tage, die ich ihn kenne, Gefühle in mir geweckt, die ich die letzten Jahre vernachlässigt und vergessen habe. Aber ich weiß auch, dass ich mich nicht auf zu viel einlassen darf, weil so etwas immer der Karriere schadet.

Als mir der junge Drecksbengel dann mitten in unserem innigen Zungenspiel hart in meine Unterlippe beißt, ist es um mich geschehen, und von einer auf die andere Sekunde spüre ich, wie meine Eier über-kochen und mein Schwanz zuckt in Brunos Darm.

Ich würde Jaime am liebsten fragen, was der Mist soll, warum er das gerade jetzt tut, aber da er überhaupt nicht daran denkt, meine Lippe freizugeben, habe ich keine Chance, irgendetwas dazu zu sagen. Ich muss mich ergeben, lasse mich fallen und pumpe grunzend meinen Samen in Brunos Loch und damit auch quer über Jaimes Pisser, der ja mein Nachbar im kleinen Ficktunnel ist. Ich wimmere leise auf, als Jaime endlich von meiner Unterlippe ablässt und ich schmecke sogar etwas Blut. Ich würde am liebsten heulen

von Geilheit und alles um uns herum vergessen, aber ich weiß, dass das nicht geht, denn wir sind ja hier, um der Hure eine Lektion zu erteilen. Bruno hat versagt und es wird Zeit, dem jungen Marktburschen mitzuteilen, dass ich in Zukunft auf seine Dienste verzichten werde.

Ich ziehe meinen Schwanz raus und Bruno schreit, als ich meine jetzt nicht mehr ganz so pralle Eichel durch den krampfenden Fotzenmuskel ziehe und er trotzdem immer noch den bedrohlichen Pisser von Jaime in seinem Inneren hat.

Ich packe Bruno am kurzen Haarschopf, ziehe ihn von Jaimes pochendem Hammer und trete ihn aus dem Bett. Wie erwartet leistet Bruno keine Gegenwehr, knallt direkt auf die Schnauze und schaut verzweifelt hoch.

Ich sehe die Enttäuschung in seinen Augen und sein Blick hat auch etwas Flehendes, aber ich bleibe hart.

Ich weiß, wie Jungs ticken, aber er hat eine faire Chance bekommen. Andererseits ist mir klar, dass vermutlich nicht einmal der Teufel persönlich Jaime widerstehen könnte.

Ich schaue auf den heulenden, am Boden liegenden Bengel und schnaufe. Ich kann nur versuchen mir vorzustellen, was es für ihn bedeutet, mich zu verlieren, und ich mag diese Stelle der Geschichte zwar auch nicht, aber er ist nicht der erste und er wird nicht der letzte Junge sein, der mich verlassen muss. Entweder enttäuschen sie mich, ich verliere das Interesse oder finde was Besseres. Das ist der Lauf der Dinge. Manchmal ist es auch einfach nur ein Vereinswechsel.

Ich will Bruno den Abgang etwas erleichtern, greife in meine Hosentasche und werfe ihm ein Bündel Scheine hin. Ich weiß, dass es ein Vielfaches dessen ist, was er im Monat auf dem Markt verdient.

Bruno zögert und ich grinse ihn an.

„Schweigegeld."

Bruno zittert und nimmt die Scheine dann fest in die Hand. Starrt sie schluchzend an.

Jaime ist inzwischen aufgestanden und sammelt Brunos Klamotten auf, dann schaut er in meine Richtung. Sein Pisser steht immer noch kerzengerade ab, denn der potente Stecher hat ja noch nicht abgerotzt. Der Brecher schimmert geil von meinem Sperma, welches sich fast über seinen kompletten Schwanz verteilt. Er öffnet die Zimmertür und wirft Brunos Klamotten raus.

„Sorry, Kleiner, aber ich will auch noch zu meinem Recht kommen, also komm in die Gänge", sagt Jaime hart und zeigt auf die Tür.

Brunos Blick wechselt zwischen Jaime und mir hin und her, aber als Jaime ihn böse anschaut, steht der Bengel endlich auf, zieht sich an und stolpert aus dem Zimmer.

Ich kann es nicht fassen, wie unbarmherzig Jaime ist und so bin ich es, der beschließt, nach vorne zu schauen, als Jaime mich aufs Bett schubst und mir seinen Schwanz hart ins Gesicht drückt und mir zum ersten Mal in meinem Leben mein eigenes Sperma serviert.

Bruno

Mein Herz hämmert wie wild. Ich heule ungehemmt. Nicht wegen meiner wunden Fotze und den unglaublichen Schmerzen, nein, ich heule, weil ich dabei bin, das Beste zu verlieren, was mir je widerfahren ist. Das also ist die Rechnung für meine Dummheit. Ich werfe einen letzten Blick auf die zwei Burschen, sehe, wie vertraut und leidenschaftlich ihr Umgang miteinander ist und es trifft mich unendlich hart, dass ich nun Geschichte bin. Admir würdigt mich keines Blickes mehr. Er hat nur noch Augen und Ohren für Jaime.

Beschämt verlasse ich die Etage über den Lift und gehe mit hängendem Kopf aus dem Hotel. Die Menschen, die mich wahrnehmen, schauen mich mitleidvoll an, doch die meisten sehen mich ohnehin nicht. Ich weiß nicht, wohin ich gehen soll. Nachhause möchte ich nicht, noch nicht und wenn ich Luis erzähle, was für eine Dummheit ich gemacht habe, wird er mir vermutlich auch die Freundschaft kündigen. Ich habe mein Leben innerhalb von wenigen Augenblicken vollkommen an die Wand gefahren, ohne Sicherheitsgurt und mit Vollgas. Wie ich es auch drehe und wende, ich komme immer wieder zum selben Punkt, ich bin selbst schuld an meiner Lage.

Ein Teil von mir würde gerne reumütig umkehren und um Vergebung betteln. Allerdings waren die Ansagen der beiden so klar und deutlich, dass es diese Möglichkeit einfach nicht gibt. Ich werde weder gebraucht, noch würde Admir mir je wieder vertrauen. Und er hat jetzt Jaime. Einen Bengel, der ihm ebenbürtig ist und der in seiner Liga spielt. Nicht so eine arme Ratte wie mich.

Ich trockne die Tränen und versuche ruhiger zu atmen. Sortiere meine Gedanken. Ignoriere meinen Magen, der ungeduldig knurrt. Beschließe, doch Luis zu besuchen. Einfach, weil ich sonst nirgendwohin kann.

Meine Schritte werden schneller und irgendwann laufe ich, obwohl ich müde und erschöpft bin. Ich laufe fast in ein Auto, das ich komplett übersehen habe, als ich in die Gasse biege, in der Luis wohnt. Es fühlt sich gut an, wieder in der Gegend zu sein, die ich wie meine Westentasche kenne. Dort zu sein, wo ich hingehöre. Die Welt von Admir war nie meine Welt. Und hätte es wohl auch nie werden können.

Luis' Vater kommt mir entgegen und mustert mich. „Siehst ja ganz abgekämpft aus, Kleiner, Luis ist drinnen, wir haben gerade zu Abend gegessen."

„Harten Tag gehabt", erwidere ich leise.

Mein bester Kumpel kommt aus dem Haus gestürmt. „Hey, Champ!" Wir verziehen uns in ein Eck des Hinterhofes. „Was ist passiert?"

Ich balle meine Hände zu Fäusten und beiße mir auf die Unterlippe. „Ich hab" das mit Admir sowas von verkackt." Meine Stimme bricht fast bei den letzten Worten.

Luis holt tief Luft. Mit weit aufgerissenen Augen starrt er mich an. „Du hast was? Sag mal, vielleicht ist alles nur ein Missverständnis, erzähl, was hast du denn angestellt?"

Ich brauche etwas, um mich zu sammeln. „Ist eine lange Geschichte. Ich weiß nur, dass das nie wieder wird."

„Hast du ihn denn beklaut?"

Ich seufze. „Spinner. So etwas würde ich nie tun!"

„Dann kann es nicht so schlimm sein", entgegnet mein Bester neunmalklug.

„Doch. Ist es." Ich suche nach den richtigen Worten, wohl wissend, dass ich Luis die Wahrheit sagen muss. Beste Freunde lügt man nicht an. „Können wir einfach ein bisschen kicken und ich erzähl dir alles in Ruhe?"

Mein Kumpel runzelt die Stirn. Überlegt kurz, nickt dann aber. „Na gut, lass uns los!" Mit diesen Worten holt er den ledernen Ball, der viel zu wenig Luft drin hat und wir schlendern raus auf die Straße und passen uns gegenseitig immer wieder den Ball zu. Und ich beginne zu erzählen.

Außerdem als e-book erhältlich:

Joshua Hardon – Prisonboy

So hat Silas sich sein Leben nicht vorgestellt! Noch nichts erreicht und schon ganz unten angelangt! Ein verpatzter Drogendeal bringt den naiven Sohn aus ursprünglich gutem Hause direkt ins Gefängnis und somit unter die Obhut des gefürchteten Wärters Amir, der von allen nur *The Power* genannt wird. Silas Schicksal scheint besiegelt. Innerhalb der dunkelsten Mauern, wo dich niemand schreien hört, ist deine Unschuld das gefährlichste, was du besitzen kannst …

Joshua Hardon – Blutsbrüder

Andi hat fast alles, was man zum Glücklichsein braucht. Er ist jung, sieht gut aus, ist mit einem derb durchtrainierten Body gesegnet, hat zwei Freundinnen, einen Job und ein Dach überm Kopf. Nur die Sache mit dem Geld, die könnte besser funktionieren. So packt er die Gelegenheit beim Schopf, als ein wohlhabender Networker ihm eine einmalige Chance bietet, mit seinem Körper Geld zu verdienen. Und da ist noch sein bester Kumpel David, der auch eher so dritte Mahnung ist und mit dem Andi jedes noch so große Geheimnis teilt …

Joshua Hardon – Lew

In einem beschaulichen bayrischen Örtchen, wo für gewöhnlich nie irgendetwas passiert, kommt es zu einer folgenschweren Begegnung zwischen drei Kerlen, wie sie unterschiedlicher nicht sein könnten. Der Vorzeigejunge Rezad und sein bester Kumpel, der heterosexuelle Draufgänger Nils treffen auf den erfahrenen weißrussischen Master Lew, seines Zeichens Metzger und Hetenknacker. Schnell entwickelt sich eine Dynamik aus Druckabbau und Lektionen in Sachen Machtkampf und Unterwerfung zwischen den dreien. Die gemeinsame Reise führt sie nach Berlin und schließlich auch nach Weißrussland, wo Lews bester Kumpel Anton ein Camp leitet, von dem Alphas und Sklaven gleichermaßen träumen. Wegbegleiter wie ein junger Fleischerpraktikant, ein unterforderter Jungbauer und ein Profischwergewichtsboxer sorgen dafür, dass es nie langweilig wird im wilden, kruden Mix aus Frischfleisch, abgebrühten Bären, potenten Nachwuchsalphas und willigen und manchmal auch unfreiwilligen Muskelbottoms.

Impressum:
Dirk Holland
Rehhoffstraße 6
20459 Hamburg